RUA DO SOL

RUA DO SOL

ORÍGENES LESSA

Estabelecimento do texto, apresentação, glossário e nota biográfica
Eliezer Moreira

Posfácio
Adolfo Casais Monteiro

Coordenação editorial
André Seffrin

São Paulo | 2013

© Condomínio dos Proprietários dos Direitos Intelectuais de Orígenes Lessa
Direitos cedidos por Solombra – Agência Literária (solombra@solombra.org)

7ª edição, Global Editora, São Paulo 2013

JEFFERSON L. ALVES
Diretor Editorial

GUSTAVO HENRIQUE TUNA
Editor Assistente

ANDRÉ SEFFRIN
Coordenação Editorial

FLÁVIO SAMUEL
Gerente de Produção

JULIA PASSOS
Assistente Editorial

ALEXANDRA RESENDE
Revisão

MAURICIO NEGRO
Capa

EDUARDO OKUNO
Projeto Gráfico

A Global Editora agradece à Solombra – Agência Literária pela gentil cessão dos direitos de imagem de Orígenes Lessa.

CIP-BRASIL. Catalogação na fonte
Sindicato Nacional dos Editores de Livros, RJ

L632r

Lessa, Orígenes, 1903-1986
    Rua do Sol / Orígenes Lessa. – [7. ed.] – São Paulo : Global, 2013.

    ISBN 978-85-260-1769-6

    1. Ficção brasileira. I. Título.

13-1498.   CDD: 869.93
                                                                    CDU: 821.134.3(81)-3

Direitos Reservados

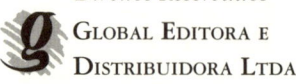

GLOBAL EDITORA E
DISTRIBUIDORA LTDA.
Rua Pirapitingui, 111 – Liberdade
CEP 01508-020 – São Paulo – SP
Tel.: (11) 3277-7999 – Fax: (11) 3277-8141
e-mail: global@globaleditora.com.br
www.globaleditora.com.br

Obra atualizada conforme o
Novo Acordo Ortográfico da Língua Portuguesa

Colabore com a produção científica e cultural.
Proibida a reprodução total ou parcial desta obra
sem a autorização do editor.

Nº de Catálogo: **3477**

O escritor Orígenes Lessa.

Rua do Sol: uma luz sobre Orígenes Lessa

Em 1932 Orígenes Lessa escreveu um romance, *Inocência, substantivo comum*, em que contava sua meninice em São Luís (MA). A família morou na cidade quando ele tinha entre quatro e nove anos, período em que viveu a traumática experiência da morte da mãe. O livro nunca foi publicado porque os originais se perderam naquele mesmo ano. É de imaginar a frustração da perda de um romance, especialmente se tão íntimo e tão pessoal como se imagina que fosse aquele, em que certamente falava da morte da mãe.

Só quinze anos depois se animou a voltar ao tema, e o fez graças a uma circunstância que deflagrou suas reminiscências: por ocasião de uma viagem a São Luís, em 1947, um dos seus inseparáveis companheiros de infância, moleque de rua de nome Benedito, então homem feito, foi visitá-lo no hotel ao tomar conhecimento pelos jornais da presença do escritor famoso na cidade. Fazia 36 anos que não se viam. Convidado a ir almoçar na casa do antigo companheiro, num bairro popular, lá descobriu com surpresa que ele dera a um dos filhos o nome de Orígenes. De volta ao Rio, Orígenes Lessa começou a reescrever o livro perdido, agora com o título de *Rua do Sol*. Nele o menino Benedito, entre tantos personagens que de fato existiram e foram tão caros ao escritor, é talvez o único a aparecer com o nome verdadeiro.

Um livro escrito duas vezes nunca é o mesmo, e já pela mudança do título se adivinha o quanto o romance perdido diverge do que reapareceu em seu lugar. Entre os muitos motivos que podem explicar as variações presumíveis, nenhum parece mais evidente do que aquele que o próprio tema impõe: a infância nunca está no mesmo lugar e nunca é a mesma, a cada momento em que dela nos acercamos, o que deve ser consequência daquele "caráter evanescente" mencionado por Adolfo Casais Monteiro na preciosa resenha que dedicou a *Rua do Sol*. Sem dúvida é esse caráter efêmero e mutável que explica, em grande parte, a enorme variedade de visões que o tema da infância – e por extensão o da adolescência – tem merecido na literatura moderna desde sua introdução no imaginário de escritores e leitores, em especial a partir do século XIX.

Embora com aparições esparsas na literatura do século XVIII, é principalmente no século seguinte, o século das grandes mudanças, que a criança – em geral órfãos e mendigos, quase sempre vivendo em bandos – começa a saltar das ruas da velha Londres industrial e enfumaçada para as páginas de alguns grandes romances, e ressurge na maioria das vezes envolta numa atmosfera de aventura, de sentimentalismo e de expectativa de transformações, no caso da Inglaterra de Dickens, ou de luta contínua contra a pobreza e o conformismo e pela liberdade do indivíduo, na América de Mark Twain. É noutra vertente da literatura da infância, parecida com esta anglo-americana, porém de traços sociais muito mais fortes, que vamos encontrar o moleque Gavroche, alma da cidade de Paris, em *Os miseráveis*, e, numa ramificação mais recente e genuinamente tropical, o Pedro Bala de Jorge Amado, alma errante das ruas da Cidade da Bahia, em *Capitães da areia*.

Cabe então perguntar o lugar que ocupa a literatura brasileira nessa nobre linhagem da literatura da infância e, nela, o *Rua do Sol* de Orígenes Lessa. Afora os casos em que a criança surge incidentalmente como "o passado" de um personagem adulto, como o esperto Leonardinho Pataca de Manuel Antônio de Almeida ou o mimado e endiabrado Brás Cubas de Machado de Assis, o caso possivelmente mais remoto de protagonismo da criança ou do adolescente na literatura brasileira não surge no plano da prosa de ficção e tem algo de surpreendente: escrito em Diamantina (MG), entre 1893 e 1895, quando a autora tinha entre 13 e 14 anos, o diário de Helena Morley, *Minha vida de menina*, é provavelmente um caso único, na época, de livro escrito por uma adolescente. Publicado somente em 1942, quando a autora já era avó, o diário que se tornou um clássico do gênero registra, numa prosa saborosa e sem artifícios, o dia a dia da família numa cidade que atravessa tempos difíceis com a escassez do ouro e da pedra preciosa que garantiam o sustento de todos.

É também pelo final do século XIX que Raul Pompeia, com um olhar de quase cientista, num romance de fortes tintas autobiográficas, se detém sobre a vida e o comportamento de um grupo de adolescentes internados num colégio da Corte, vendo nele um microcosmo da sociedade da época. Da capital para o interior do país, com poucas décadas de diferença e todas as mudanças sociopolíticas que o tempo traz infalivelmente, vamos topar, no Nordeste dos anos de 1930, uma criança que cresce e adquire sua educação natural no mundo dos engenhos de cana-de-açúcar, menino sexualmente precoce que, por sinal, termina sua história mencionando a experiência de outro menino, o angelical herói de Raul Pompeia: se este deixa o internato sem ter aprendido o mundo exterior, o protagonista do romance de José Lins do Rego, *Menino de engenho*, sai da bagaceira para ingressar num colégio do Recife, julgando já saber do mundo tudo o que precisa saber.

De idêntica extração autobiográfica, mas diferentes quanto ao gênero, são *O menino e o palacete*, de Thiers Martins Moreira, clássico de nossa memorialística, infelizmente pouco conhecido, e *Espelho do príncipe*, prosa poética em que Alberto da Costa e Silva, num quase romance, verte pelo filtro da memória a sua vida de menino em Fortaleza (CE) durante os anos da Segunda Guerra Mundial, quando a cidade servia de base ou de passagem para as tropas aliadas a caminho do Norte da África.

Do diário da menina de Diamantina às "ficções da memória" do futuro diplomata que viveu na capital cearense dos anos 1940, o que todos esses títulos têm em comum é o fato de se basearem na vivência dos autores. Já os personagens coincidem no fato de serem mais adolescentes do que propriamente crianças, isto é, de terem atingido aquela faixa em que o sentimento puro da inocência é tisnado pelo entendimento e o contato conflituoso com o mundo adulto. É nesse aspecto da idade dos protagonistas que todos esses livros, tendo muito em comum com *Rua do Sol*, dele diferem fundamentalmente.

Isso porque o traço marcante do Paulinho de Orígenes Lessa é justamente a inocência. E embora não se trate de uma inocência sem mácula, já que o personagem nada tem de anjo, é dela que advém o deslumbramento ante a descoberta do mundo, a curiosidade inesgotável, a pressa de aprender e absorver tudo, traços indissociáveis da sensibilidade e da psicologia da criança.

É justamente para não "trair" o espírito dessa inocência primordial que Orígenes Lessa se abstém de interferir no seu objeto, na sua matéria, como se sobre ela não tivesse poder algum. Escreve com leveza, com isenção, numa espécie de "descompromisso", como se só lhe coubesse aceitar cegamente a visão e a vontade do menino. Mantém-se na superfície, substituindo os fatalmente falsos aprofundamentos pelo lirismo puro e pela agilidade dos diálogos, sua assinatura estilística. Considerados esses aspectos, a prosa de *Rua do Sol* se identifica fundamentalmente apenas com outra obra da mesma delicada extração, do mesmo gênero autobiográfico, o igualmente lírico *Olhinhos de Gato*, romance da infância de Cecília Meireles por ela mesma, no qual vamos encontrar os mesmos traços essenciais de inocência e de maravilhamento ante a descoberta do mundo, paralelamente ao minucioso registro de certos aspectos pitorescos da vida cotidiana no meio em que vivia a criança, como ocorre também no caso de *Rua do Sol*.

Romance da inocência, na definição exata de Adolfo Casais Monteiro, este *Rua do Sol* tem ainda o condão, isto é, a inesperada virtude de estender uma luz de entendimento sobre toda a obra de Orígenes Lessa, porque a criança que vai aqui retratada é como se fosse a mesma, ou as mesmas, que povoam a grande maioria dos seus livros.

Eliezer Moreira

RUA
DO
SOL

1

Paulinho sofria. Por que motivo aniversário custava tanto a chegar? Longa espera, aquela, de noites e dias, de inquietude febril.

– Está longe ainda?

Diziam que não. Mas estava! E aquele aniversário tinha para ele singular importância. Ao completar seis anos, aprenderia a ler, promessa paterna.

– Mas você me ensina a escrever também, papai?

– Claro, meu filho. As duas coisas se aprendem juntas.

Teixeira voltou-se para a esposa, sorridente. Sempre mergulhado nos livros, vivendo dos livros e para os livros, escrevendo coisas, ele se alegrava de ver despontando no filho, tão cedo, o mesmo gosto.

– A gente não podia começar hoje mesmo? – perguntou Paulinho.

– Faltam só dois meses. Tenha um pouco mais de paciência. Você terá tempo bastante, a vida inteira. Por enquanto vá brincar.

– Ora, papai...

– Vá brincar, meu filho...

Paulinho pegou o carvão, tão magnificamente manobrado pelo Alberto, que morava em frente, e, na impossibilidade de escrever, traduziu em traços ao acaso a sua vontade de expressão.

– Esse menino está outra vez emporcalhando o soalho – disse Nhá Calu, no incansável mover das pernas pesadas pela casa. – Tito está lá no quintal. Vai brincar com ele.

– Vá – sancionou o pai, voltando ao livro, uma perna pendente da rede que atravessava a sala estreita, onde estudava, dando uma ou outra vez, com o pé, um impulso no chão para um balanço maior.

O menino saiu, de olhos tristes. Não se conformava. O Alberto, dois ou três anos mais velho, apenas, dominava perfeitamente aquele mundo misterioso. Tomava de um pedaço de giz ou carvão e, na parede, no assoalho ou na calçada, ia desenhando letras enormes.

– O que é que está escrito aí, Bertinho?

Ele fazia seu ar costumeiro de superioridade.

– Você é criança, não pode saber.

– Criança é tu, seu bobo! Pensa que eu não sei o que tu escreveu aí?

– Então diz...

– Eu não quero dizer, ué...

– Diz. Tu disse que sabia. Quero ver. Eu escrevi o quê?

– Garanto que foi palavra feia...

Alberto riu.

– Adivinhou. Foi mesmo.

– Mas o que foi, Bertinho? Que palavra foi?

Alberto olhava para os lados, cauteloso, a ver se não vinha ninguém. E, apagando rapidamente as letras, com o pé descalço, confidenciava o palavrão.

Paulinho ficava maravilhado.

– Tu é capaz de escrever qualquer outra?

– Claro, seu bobo.

Paulinho murmurava uma das palavras proibidas que lhe excitavam a imaginação.

– Escreve aí, quero ver...

Alberto escrevia, lentamente, a língua entre os dentes, saindo do canto da boca.

– Pronto!

– Mas está escrito?

– Está, tu não vê?

Ele não quis dar o braço a torcer. Concordou. E ficou examinando minuciosamente aqueles rabiscos miraculosos, capazes de representar as ideias.

– Tu tá lendo de cabeça pra baixo, seu tonto. Não é assim. E do lado de cá que se olha.

— Ah!

De outras vezes saíam pela rua. Na calçada, nas paredes, os mesmos sinais.

— E aí, o que é, hein, Bertinho?

Bertinho traduzia os garranchos.

Ufa! Cada palavra!

E se lembrava das chineladas ou puxões de orelha que haviam coroado em casa o emprego de palavras iguais, nas brigas com Tito ou nas malcriações contra a velha Calu.

No fim, de tanto olhar, já mais ou menos reconhecia as palavras, para grande espanto de Bertinho. No cimento da calçada, em frente à porta, ficara gravada para o tempo uma daquelas palavras terríveis. Alguém a traçara com o dedo, com um pauzinho talvez, o cimento ainda mole. Aquela era reconhecida à primeira vista, em qualquer parede. Mas não bastava. Paulinho queria ler todas. Queria ler tudo. E queria ser, como Alberto, capaz de escrever também tudo o lhe desse na telha.

Voltou correndo para o escritório.

— Papai, o senhor não podia ensinar agora, só um pouquinho?

O pai estava, como sempre, refugiado no seu mundo distante, os olhos no livro. Voltava dele com uma expressão de impaciência.

— Ensinar o que, menino?

— A escrever...

— Você não tinha ido brincar?

— Fui. Já acabei.

Viu, nos olhos do pai, a expressão de ternura de pouco antes. De ternura e de orgulho. E sentiu-se envergonhado. Porque teve a intuição, naquele instante, de que o pai ficaria triste se soubesse realmente o que ele desejava escrever.

2

Aproximava-se o aniversário. Já sabia bem o que representava aquele acontecimento glorioso, só de longe em longe repetido. Pouco antes fora o de Tito. Durante semanas ficaram antecipando e delibando as alegrias e presentes. Tito ia à mãe, à Nhá Calu, ao pai, aos irmãos:

– O que é que vou ganhar, hein?
– O que é que você vai me dar?

Voltava-se para Paulinho:

– Será que eu vou ganhar o tamborzinho que papai prometeu? Eu tenho medo dele se esquecer.

Saía correndo:

– Papai: o tamborzinho, hein?
– Para infernar a casa? – perguntava Nhá Calu.
– Não, eu prometo tocar só no quintal.

Corria para a mãe:

– E a corneta, mamãe? A corneta, você prometeu!

E explicando:

– Nós vamos formar uma banda de música ainda melhor do que a do 48!

Virava-se para a velha, sempre a se queixar de reumatismo, soprando as brasas do ferro:

– Nhá Calu, a senhora disse que me dava um boné de soldado. Dá mesmo?

– Dou, menino, não amole!
– Tu me empresta o boné? – perguntava Paulinho, invejoso.
– Não empresto, não. Tu hoje me xingou de besta.
– Não xinguei!
– Xingou, sim!

Os tapas estalavam. D. Irene intervinha. Mina chorava no chão, engatinhando com dificuldade, a chupeta pendente do pescoço.

– Ele me xingou, mamãe!

– Xingou de quê?

– De besta. Besta é ele!

– Olhe, mamãe, quem está xingando é o Tito!

E avançou contra ele, retido a tempo por um puxão de orelha.

– Quietos, meninos. Chega de barulho! Seu pai está lendo! Para o quintal, já!

Lá foram. Paulinho tentava uma conciliação.

– Tu não te lembra, Tito, que eu te emprestei aquele trenzinho?

– Não emprestou, não.

– Emprestei, seu mentiroso! Tu até escangalhou com ele!

– Foi sem querer!

– Eu sei. Mas tu tem que me emprestar o boné.

– Já sei. Pra escangalhar, não é?

Novos tapas. Inocência, a cozinheira, apareceu na porta do quintal.

– Outra vez?

– O Paulinho tá me tomando gosto – afirmou Tito.

– Se vocês continuarem, vou falar com sua mãe.

Sempre a ameaça de d. Irene era a mais séria. O pai trazia, geralmente, uma palavra de paz, nem sempre batia. D. Irene, preocupada com mil coisas, tinha menos paciência.

– Tá bem, acabou.

Regressava ao sonho:

– Será que seu Pacheco traz alguma coisa?

– Eu não sei... O ano passado ele não me deu nada. Veio, comeu os doces, foi-se embora.

– É... pra mim também. Na saída ele disse que não tinha tido tempo de comprar. Trazia de outra vez. Trouxe? Nunca!

– Mas seu Peçanha traz. Traz o que, hein?

– Sei lá. Ele podia comprar uma roupa de marinheiro, daquelas com apito. Será que ele se lembra que eu faço anos no dia 20? Eu acho que o melhor é a gente contar.

– É... mas mamãe não quer... Ela já proibiu.

– Coisa mais boba... Depois eles se esquecem e não trazem nada.

Paulinho recordava o aniversário de Tito. O tambor, a corneta, o apito, a roupinha de marinheiro, latas de doce de murici, de buriti e de goiaba. A mesa enfeitada. Bolos. Queijo do reino. Movimento na casa. Correrias e bofetões, tombos e calça rasgada, tambor troando, corneta enlouquecendo Nhá Calu, Mina choramingando no chão, Tito recebendo parabéns.

– Está um homem!

Tito orgulhoso, Paulinho tentando arrancar-lhe a corneta. Alberto engasgando de tanto comer. E por fim os brinquedos quebrados, hora de dormir com o sono fácil das canseiras do dia.

Agora chegava a sua vez. Já avisara também a vizinhança. Informara seu Peçanha. Lembraria a seu Pacheco que desejava muito ganhar uma espada. Fora à casa de dona Militina e dissera que não gostava de doce de bacuri (era o seu presente favorito, produto da indústria caseira, tinha bacuri no quintal). E ficou esperando o seu dia. Mas a grande ansiedade girava, mesmo, era em torno da promessa paterna. Ao atingir seis anos, aprenderia a ler.

3

A véspera foi de intensa expectativa. Passou o dia agitado. Mal conseguia brincar.

– O senhor não vai sair hoje, papai?

Deixava-o desesperado a tranquilidade com que o via prolongar-se na rede, os ferros da armação gemendo ao balanço que dava, lendo os seus livros, escrevendo coisas à margem, traçando linhas misteriosas. Ou dando aulas, que os alunos chegavam, e a lição era em termos que lhe escapavam por inteiro. Ele tinha alunos de latim e de grego, ensinava estranhas matérias, com uma voz pausada e clara. Se não saísse, não compraria os presentes.

– O senhor vai ficar hoje o dia inteiro em casa, papai?

O pai o olhava com um sorriso evidentemente a penetrar-lhe o pensamento.

– Não sei, meu filho. Se for preciso... Você não gosta de ver seu pai em casa?

– Gosto, papai. Mas todos os pais saem. O do Bertinho passa o dia todo na rua...

– Está bem, meu filho. Mais tarde eu saio.

– A que horas, hein?

Tito foi mais indiscreto.

– O Paulinho quer é saber se o senhor vai comprar os presentes...

Ele disfarçou, desapontado, fingindo-se interessado noutra coisa.

– Posso ir brincar na casa de d. Militina?

– Se não vão fazer arrelia, podem.

Atravessaram a rua. D. Militina olhava-os sempre com bondade. Tinha para com Paulinho uma ternura especial: era o retrato de um netinho que lhe morrera em Codó.

– Não vão brincar perto do poço!

O neto morrera de uma queda num poço, e o caso fora contado entre lágrimas, muitas vezes.

– Não é tempo de bacuri, não é?

Viu a árvore nua de frutos e ficou feliz. Talvez o presente fosse outro. Aliás ele já avisara, mentindo. Porque gostava muito. Mas doce, em sua opinião, não era presente de aniversário. Presente era espada, bola, tambor, coisa de brincar. O mais não interessava.

– Tu é capaz de subir nesse oitizeiro?

– Sobe tu, ué!

Tito gostava de lançar aqueles desafios. Paulinho já caíra uma vez e ele o infernizara longamente com o fracasso.

O dia estava monótono. O tempo não passava. Afinal, o pai saiu. Voltou horas depois, misterioso, vários pacotes embaixo do braço. Paulinho fez o ar mais indiferente do mundo, o coração batendo. De esguelha, procurava adivinhar, o olho comprido.

– Tito...

O irmão se aproximou.

– Aquele amarelo está com jeito de tambor. Vai ver...

E se encaminhou para o quintal. Pouco depois Tito chegava, confirmando.

– Não te esquece. Eu te deixei tocar no meu, tu alembra?

Paulinho estava de alma leve. Deixaria também. Já conhecia a palavra: não era "egoísta".

– E tinha o que mais, hein?

– Não sei. Papai não deixou ver. Ele e mamãe esconderam tudo nas gavetas da cômoda.

– É pau esperar aniversário, não?

Súbito, um chamado paterno. Atendeu, de um salto.

– Está aqui o livro, meu filho.

E mostrava a cartilha.

– Amanhã, logo cedo, eu dou a primeira lição.

Ficou desvairado com a notícia. Mergulhou em seus braços, numa alegria infinita. Claro que ele queria o resto. Mas a ideia de aprender a ler, de não precisar mais recorrer aos conhecimentos de Bertinho, de não depender mais dele, de destruir a sua pretensiosa superioridade, de poder, como gente grande, olhar os livros e entender, escrever coisas, realmente o fascinava.

– Agora Bertinho não bufa mais comigo!

E aquela noite o sono custou a chegar. Acordou muito cedo, na manhã seguinte. Ainda estava escuro. Pulou da rede (aos quatro anos deixava-se a cama de grade, vinha a promoção para a rede) e correu para o quarto grande.

– Papai! Papai!

Empurrou a porta. Estava aberta. Os pais dormiam.

– Papai... Já estou com seis anos. O senhor ensina agora?

Ele acordou estremunhado.

– Que é que há, meu filho?

– O senhor ensina agora?

Teixeira se ergueu, risonho. Beijou-o carinhosamente, por entre bênçãos que ele mal ouvia. A mãe o imitou.

– Mas você nem tomou café, Paulinho. É muito cedo...

– Mas é que eu queria, quando o Bertinho chegasse, começar a ler pra ele não me amolar mais...

Demorou ainda muito a lição e teve que aguardar as diferentes etapas da sua higiene matinal. Já tinha a cartilha na mão, agitava-se pela casa, ia acordar Nhá Calu, batia no quarto de Inocência, humilhou Tito com sua próxima sabedoria.

– Vamos, papai?

Afinal veio a lição. Seguiu o pai até o escritório. Como sempre, ele se estendeu na rede.

– Vamos agora, meu filho. Venha aqui.

Abriu o livro. Fixou-se numa página.

– Você já conhece alguma letra?

– Conheço uma porção! O a...

– Veja se encontra algum nesta página.

Paulinho procurou.

– Olha aqui um, papai!
– Isso mesmo. Procure outro.
Localizou-o com facilidade.
– Bem, agora vamos aprender.
Apontou ao filho uma letra:
– V!
– Hein?
– Este é o V. Repita.
O garoto repetiu.
– Este você já conhece. É o A. Repita.
Repetiu novamente.
– Os dois formam VA. Veja bem. Repita.
Repetiu.
– Va!
– Muito bem. Então este é o...
– V!
– Os dois formam...
– VA!
– Isso mesmo. Vamos adiante. V... não é?
– É.
– Este é o E. Repita.
Repetiu.
– Va... Ve... Leia.
Leu.
– Agora já vem outra letra: o I.

E assim apareceram o vi, o vo e o vu. O pai estava sem dúvida alguma entusiasmado. Seu dedo voava na página. Leia aqui. Leia ali. V... vu... vo... ve... vi... Paulinho não errava. Mas não percebia razão nenhuma de entusiasmo. Ler seria aquilo? Queria palavras. Havia duas ou três embaixo da página: ave... ovo... uva... Para o desorientar, o dedo de seu pai não parava. Aqui... Ali... uva... ovo... ave... uva...

A movimentação era rapidíssima. O professor estava orgulhoso. Fechou o livro.

– E agora, papai?

– Hoje você já aprendeu muita coisa. Vá brincar. Amanhã você aprende mais...

– Mas...

– Agora basta. Você já deve estar cansado.

– Não estou, papai!

Paulinho abriu o livro ao acaso, numa página absolutamente incompreensível. Ficou desesperado.

– Aqui eu não entendo nada...

– Você aprenderá mais tarde. Em pouco tempo você está lendo...

E fechou o livro, indo para o interior contar o êxito da lição, a facilidade espantosa de pegar as coisas demonstrada pelo filho.

O garoto ficou na sala desapontado. Esperava outra coisa. Julgava que imediatamente estaria em condições de ler e escrever tudo. E no entanto ganhara apenas aqueles estúpidos va, vu, vi que nada ajudavam...

Nisso, veio Tito do quintal.

– Tu já aprendeu a ler, Paulinho?

Não se deu por vencido.

– Aprendi.

Tito pôs no irmão os olhos castanhos, cheios de admiração.

– Mas é a coisa mais boba do mundo!

4

As lições haviam continuado, numa grande monotonia. Ba, be, bi, bo, bu. Ta, te, ti, to, tu. E bobo e baba, tatu e tutu. Começou a escrever. Dentro em pouco lia correntemente. Já tomara conta das paredes, rabiscava a esmo. Os brinquedos tinham sido quebrados. Espada agora não passava de um pedaço de pau. Carabina era cabo de vassoura. Boné de soldado era chapéu de jornal. Os navios rapidamente destroçados eram substituídos por esquadras precárias de papel de embrulho, navegando na bacia grande de banho, quando Inocência estava de bom humor, ou nas enxurradas tormentosas, quando a chuva passava.

Bertinho, acompanhado, às vezes, das irmãs, juntava-se aos dois. Paulinho era geralmente a locomotiva – piú, piú... piú! – puxando o trem. Os outros vinham atrás, humilhados, Tito muitas vezes constituía trem independente e Maria Amália e Cacilda consentiam, de bom grado, em ser puxadas por ele. Não raro havia acidentes ferroviários. As duas locomotivas se engalfinhavam.

– Saia do meu trilho!
– Não saio!
– Eu sou o trem do Anil!
– Não é!

Uma locomotiva estapeava. A outra jogava pedra. Os carros choravam. Nhá Calu intervinha. Inocência gritava pela dona da casa. D. Irene dera de engordar nos últimos tempos. Arrastava-se até eles com dificuldade. Bertinho ia logo explicar que não fora a causa. Cacilda roía as unhas. Mina fazia bolo de terra.

– Brigando outra vez?

Tudo se aplacava. Serenavam os ânimos. A paz descia.

– Vamos brincar de guerra?

Imediatamente a tropa se mobilizava. Faziam-se apressados chapéus de papel. Paulinho era o comandante do 48 B.C. Montava num cavalo de pau. Bertinho disputava o comando.

– Não, senhor. Quem inventou o brinquedo fui eu. O general sou eu.

– Eu sou o vice-general. Posso?

– Não senhor. Se quiser, cabo.

Desde que Paulinho aprendera a ler, Bertinho perdera o ar de superioridade. Aceitou a degradação.

– Mas montado a cavalo!

– Está bem. Por hoje pode ser...

Agitava-se a tropa.

Tito só ambicionava uma coisa: ser corneteiro. Empunhava o instrumento imaginário, trombeteava em atitude marcialíssima. As meninas muniam-se de cabo de vassoura. Havia uma rápida pendência. Bertinho queria todas como soldados. Paulinho queria Maria Amália para mulher do general. Maria Amália queria ser oficial. Corridas, desentendimento.

– Não brinco mais, pronto!

Acabava brincando. Todos eram soldados. O batalhão formava. Do alto do cavalo, Paulinho fazia um largo movimento de espada.

– Frente, ordinário, marche!

Punha-se a tropa em evoluções. Tito tocando, os outros cantando:

> *Ai Jesus*
> *Que eu vou pra morrer*
> *De tanta pancada*
> *E tão pouco comer!*

De repente, o inimigo surgia atrás da grande laura-rosa carregada de flores.

– Atacar, pessoal!

O combate era rápido. Uns assestavam o fuzil e faziam fogo – pum! pum! – sem maior dano. Outros, no fragor da batalha, investiam contra a árvore. Os cabos de vassoura desciam impiedosamente sobre os galhos e folhas e flores. A devastação era enorme.

– Fogo, macacada! Ali tem um vivo!

O próprio general investia contra o imaginário remanescente inimigo. O pau vibrava.

– Pum! Pum!

Tito permanecia heroico no seu posto, o corneta da morte!

– Fogo, pessoal!

Nhá Calu aparecia na porta.

– Nossa Senhora! Estão acabando com a laura-rosa, d. Irene!

Imediatamente a tropa se dispersava e todos regressavam, com medo, aos labores pacíficos. Bolo de terra, outra vez, construção de cidades. Do contrário, chinelo cantava.

5

O harém ficava do outro lado da rua. A casa dos Peçanhas. Alberto tinha cinco irmãs. Maria Amália e Cacilda confraternizavam, estavam sempre em casa. As outras, raramente. Cacilda lhe parecia feia. Amália encantava Paulinho, exigida sempre como esposa do general, do chefe do trem ou mesmo da locomotiva. Mas seu deslumbramento era Alice, que lhe parecia moça e não menina. Modos severos, maneira gentil, ar assim como o de d. Irene, quando lhe falava. Quando o brinquedo era em casa de seu Peçanha, frequentemente Paulinho se perdia ou se surpreendia na contemplação de Alice, com seu jeito bom de gente grande, os gestos leves, a palavra mansa e uma doçura nos olhos que lhe dava até vontade de morrer dentro deles. Os olhos pareciam de veludo. Tinha a impressão de que eles rolavam macios pelo seu corpo, exatamente como os de d. Irene, quando não estava zangada.

Tinham sido repartidas entre os dois irmãos. Um dia, Paulinho descobriu, enciumado, os olhos vivos de Tito parados no corpo de Alice.

– Tu tá namorando a Alice? – perguntou, quando a sós.

– Eu não! – protestou ele.

– Eu vi! Eu bem que vi. Tu não tirava os olhos dela.

E com raiva e mais forte:

– Ela é minha, entendeu?

Tito reagiu. Paulinho já namorava Maria Amália. Bastava. Ele não queria Alice, Alice era muito grande, mas o outro não tinha direito de namorar duas na mesma casa. Palavra foi, palavra veio, tentaram um acordo. Alice e Maria Amália pertenciam a Paulinho. Ele ficaria com Gladys e Isaura. Tito recalcitrou.

– Tu fica com a Cacilda de quebra – sugeriu Paulinho.

– Mas Cacilda é feia!

— Eu deixo tu namorar as outras da rua. Pode ficar com todas.
— Todas?
— Todas.
— Depois tu não vai reclamar?
— Não, pode ficar.
— Tá bem. Mas eu te conheço. Depois tu vai querer avançar nas minhas.
— Palavra de Deus! – garantiu Paulinho.
Tito meteu o dedo no nariz, pensativo. E concordando:
— Também eu não gosto mesmo de Alice... Outro dia ela foi dar parte pra mamãe que eu tinha rasgado a cortina...

Paulinho voltou para a casa da frente, dono e senhor da mulher amada. Entrou grave e acomodado. Em casa dos Peçanhas, sempre que Alice era vista, timbrava em parecer ajuizado, em falar como homem. Jamais rasgaria cortina ou sujaria capa de cadeira. Nem sequer brincava de guerra.

— Brinquem vocês... Eu fico olhando...

E procurava o efeito nos olhos macios. Estava limpando móveis, arrumando coisas, fazendo as lições. E chibateava o seu coração, quando o incluía entre os demais.

— Mamãe, por que é que você não manda as crianças brincarem lá fora?

Paulinho tentava ficar, altivo.

— Ué! Você não vai?

Baixava os olhos. Ia...

6

— Tu já viu mulher nua? — perguntou Bertinho, uma tarde.

Não vira.

— Ih! Eu já vi!

— Como é, hein?

— Tu pensa que elas são como a gente?

E Bertinho fez largas revelações sobre a diferença dos sexos. Homens não tinham peito. Mulher tinha. Além disso havia outras coisas. E nas mulheres havia uma coisa engraçada: tinham cabelo em vários lugares.

— Embaixo do braço eu já vi.

— Isso qualquer um vê, seu bobo! Mas em outros lugares também...

— Como é que tu sabe?

Bertinho confidenciava então que, já mais de uma vez, assistira ao banho da empregada. Uma vez dona Gracinha o apanhara de olho no buraco da fechadura.

— Levei uma surra!

Aquilo trouxe a Paulinho uma ideia. Olharia também, na primeira oportunidade. Nhá Calu toda tarde se trancava no quarto, para banhos longos. Inocência levava-lhe o bacião da família e várias latas d'água. Nhá Calu transportava a chaleira de água fervente. Mas Nhá Calu não lhe inspirava somente respeito. Inspirava uma vaga repugnância. O rosto murcho, as mãos murchas, o seio murcho. Nhá Calu ele não queria ver. Inocência tomava o seu banho muito cedo. Mas agora havia Conceição. Fazia serviços menores, ia substituir Inocência na cozinha quando esta seguisse para o Itapicuru, que o pai a chamava. Conceição era muitas vezes quem lhes dava banho, principalmente quando d. Irene começou a ficar doente, sempre atormentada por dores de cabeça que a deixavam quase louca. Passava roupa, ajudando Nhá Calu, agregada da casa. E sempre a gritar contra os meninos, denunciando travessuras, policiando atos e gestos. Apesar de pouco amiga, a curiosidade de Paulinho ia para o corpo de Conceição. Como seria ela? Tinha os seios de que falava Bertinho? Isso tinha, era fácil notar. Teria os cabelos? Ele havia de ver. Mais cedo ou mais tarde. Muitas vezes na rede, antes do sono chegar, ou de manhã, antes de começar o barulho da casa, Paulinho ficava imaginando Conceição nua, passeando no quarto ou descendo da rede, o corpo muito negro, os seios (como seriam?) sem coisa nenhuma por cima, e os demais detalhes que Bertinho antecipara como comuns a todas as mulheres.

Mas, quando a via pela manhã, um risco seco de baba no canto da boca, o pixaim revolto ou reunido em pequenos montículos terminados em trança como chifres – "já está reinando, criança dos demônios?" –, a curiosidade passava.

– Como é... tu já espiou Conceição?

– Qualquer dia – respondeu. – Tem tempo...

7

Um dia a casa se agitou. Havia tempo que d. Irene passava mal. Vivia sempre deitada, movia-se com dificuldade, tinha os olhos vermelhos, parecia chorar. Teixeira a cercava de cuidados, evidentemente inquieto. Inocência preparava-lhe caldos especiais, Conceição tinha um jeito malicioso, quando falava aos meninos. Dona Esmeraldina, uma cabrocha gorda, estivera poucos dias antes na casa, em demorada conversa. O doutor Tarquínio fora chamado mais de uma vez.

Aquela manhã a movimentação fora intensa. Esquentavam-se chaleiras d'água, Conceição correra às casas do lado a requisitar novas chaleiras. Ia gente da cozinha para o quarto grande, saía gente de lá. Nhá Calu, que engomava colarinhos para a vizinhança (era seu meio de vida), passava com força o ferro pesado nos colarinhos lustrosos, suspirando e rezando.

— Ah, minha Nossa Senhora do Bom Parto! Ai, meu São José do Ribamar!

— É hoje — sorriu Conceição para o garoto mais velho.

— Hoje o quê?

— Não é da sua conta... Criança não tem que se meter...

— Mamãe não vai morrer? — perguntou assustado à Inocência.

— Não, Paulinho. Não há nada. Vão brincar em casa do seu Peçanha.

Já Alice os viera buscar, os olhos veludosos de sempre. Paulinho esqueceu rapidamente as angústias da casa à aparição de Alice, que lhe acariciava a cabeça com sua mão leve e branca de dedos muito longos.

— Você não quer ir brincar em casa?

Não gostava da palavra brincar, quando vinha de Alice.

— Posso... — concedeu.

— Então chame o Tito.

Saíram. Havia lá também um ar misterioso em quase todos. A empregada que Bertinho vira nua mais de uma vez tinha o mesmo sorriso malicioso de Conceição. Paulinho vingou-se recordando que ela não sabia que ele sabia... Sim, ela ignorava as descobertas de Bertinho... Ignorava que ele era parte do segredo supremo: Bertinho a vira nua. Ele sabia que Bertinho a vira nua. E só de saber aquilo era como se a visse igualmente nua, sem roupa no corpo, coçando a barriga. Sorriu, também com malícia. E lhe veio a ideia de surpreendê-la no banho.

– Tu deixa eu espiar também? – pediu a Bertinho, quando se viram a sós.

O instinto do negociante era forte naquele garoto de cabelo claros. Deixaria. Mas não era fácil. Quando houvesse oportunidade, chamaria.

– Hoje ela já tomou.
– E tu viu?
– Não, mamãe estava perto. As meninas estavam brincando no corredor.

Mas acontece que ele estava precisando completar a coleção de maços de cigarros.

Paulinho tinha três que faltavam na sua... Percebeu logo. Era o preço. Passaram rapidamente para a propriedade do amigo.

– Quando houver jeito eu te chamo.

Depois, olhou-o, de um modo muito seu.

– Tua mãe ficou doente?
– Ficou.
– Tem o quê?
– Acho que é dor de cabeça...
– Dor de cabeça?

E Bertinho riu com vontade. Mas Alice apareceu nesse instante. Olhou-o muito séria.

– Tenha modos, Bertinho! Veja lá!

Ele imediatamente se revestiu de inocência. Não tinha dito nada. E com as meninas chegando, o assunto foi logo esquecido.

8

Num minuto em que foi à janela, Paulinho percebeu que a agitação continuava dentro de casa. Dr. Tarquínio estivera lá por algum tempo. A velha Esmeraldina viera com jeito de ficar, uma cesta na mão, o ar importante, salvação chegando. Um vizinha entrara, saía agora.

— Está pra já — disse a alguém.

Tudo aquilo o angustiava. Lia apreensão em todos os olhares. Seu pai mal o vira, o dia todo. Passeara pela casa a manhã inteira, mordendo o bigode, que era o jeito seu quando estava nervoso. D. Irene devia correr perigo. Desde que vira, tempos antes, sair da casa da esquina o enterro de d. Colaca, os filhos desesperados se agarrando no caixão, Paulinho era perseguido pelo terror de perder a mãe também. Ela estava sempre enferma, pálida, chorosa.

— Eu não crio os meus filhos...

Mais de uma vez o dissera ao marido, a Nhá Calu. E quando o dizia se multiplicava em ternuras, beijando os filhos com um desespero de naufrágio nos olhos. O corpo dela tinha, para Paulinho, um cheiro bom, familiar, de ninguém mais, que era uma forma de carícia, acolhedora. E o enchia de paz. Ele se sentia muito mais confiante perto dela. Falava pouco. Mas a sua presença era proteção, serenidade. Quando pensava em d. Colaca, e se lembrava da angústia com que a mãe o apertava ao peito, naquela tarde, voltava o pressentimento, o terror. "E se mamãe morresse?" Ele se lembrava de que a vizinha nunca mais voltara. A casa estivera de janelas fechadas muito tempo. Inspirava pavor. E ele vira dona Colaca de cor de cera no caixão, os dedos cruzados, dois chumaços de algodão no nariz, os filhos, o marido, as irmãs chorando. Sua mãe não poderia ficar assim? Deixou a janela, atravessou a rua correndo, o coração agoniado.

— Mamãe já sarou?

Levaram-no de volta para a casa de Alice. Ela pressentiu a angústia da criança, chamou-o de longe, a voz muito amiga.

– Você tinha vontade de ter mais um irmãozinho?

Tinha.

– Pois olhe, eu acho que você vai ganhar um. Seu pai não prometeu?

De fato, ele fizera a promessa várias vezes nos últimos tempos. Da mãe a ouvira. Precisavam de mais um irmãozinho para alegrar a casa, para usar as roupas de Mina, que estava crescendo. Não gostava de brincar com bebê? Gostava. E d. Irene queria que ele ajudasse a educar a criança, já estava ficando um homem, precisava ajudar.

Olhou para Alice.

– Vou ganhar como?

Ela pareceu embaraçada. Depois explicou. Era só pedir pra Papai do Céu. Papai do Céu é quem dava. Outro dia ele tinha dado uma belezinha de bebê para d. Luísa Simões da Rua do Alecrim.

– E como é que ele manda? Vem do Céu?

– Vem.

– Vem como?

Alice continuava sem jeito. Às vezes era uma cegonha que trazia.

– Lá em casa ainda não apareceu – informou Paulinho.

Bertinho entrara e sorria. Alice mudou logo de assunto. Perguntou a Paulinho se já estava adiantado em contas. Sim, já estava multiplicando. Fez um exame rápido 5 x 4? 7 x 9? 8 x 6? O garoto exibia com orgulho os conhecimentos. Era o seu forte.

– Você está vendo, Bertinho?

Sabatinou o irmão. Ele errava, Paulinho pulava festivo, corrigindo.

– 81! 63! 72!

– Você viu? Ele é mais moço e sabe muito mais do que você...

Sorriu envaidecido. Os olhos de Bertinho o fixaram, num misto de raiva e de ironia. E quando Alice deixou a sala por um segundo, para atender a criada, limitou-se a dizer:

– Dor de cabeça, hein?

9

Foi um alvoroço. Conceição irrompeu pela porta adentro.
– Criançada! D. Gracinha! O menino nasceu!
– E d. Irene? Está bem?

Estava. Conceição parecia agitadíssima. A criança era uma beleza: "Um amor, d. Gracinha". Seu Teixeira estava louco de alegria, até chorava de felicidade. D. Esmeraldina estava dando banho no bebê.

– A unha dele é a coisa mais engraçadinha! Deste tamanho...

E indicava uma coisa minúscula com os dedos. As meninas se animaram. Bertinho sorriu. Alice procurou Paulinho.

– Eu não disse? Papai do Céu deu um irmãozinho a você.

Voaram todos para casa.

– Tenham modos – disse Inocência ao chegarem. – Não é preciso correr.

Teixeira veio ao encontro do filho. Ele havia ganho mais um irmão.

– Seja amiguinho dele, ouviu?

Mina estava dando os primeiro passos, ficara em casa, continuava indiferente à febre geral. Paulinho espiou no quarto grande.

– Mamãe não está morta?
– Que ideia, menino!

Ele já tinha os olhos marejados, vendo-a tão pálida no leito revolto, o quarto com bacias, chaleiras, panos e toalhas pelo chão. D. Esmeraldina embrulhava uma coisa. Chamou-o. Paulinho contemplou maravilhado o vultinho vermelho, os olhos fechados, um começo de manha no rostinho de nada.

– Quando é que ele pode brincar com a gente?
– Tem tempo – disse Nhá Calu. – É mais um pro fandango...

E saiu resmungando.

Teixeira entrava no quarto, foi até a esposa, acariciou-lhe os cabelos sem palavra, mordendo o bigode.

— Sem barulho, ouviu, Paulinho? Sua mãe vai dormir.

Retirou-se na ponta dos pés. Agora a curiosidade voltara. Como é que se chamava o bebê? Artur, que era o nome do avô. E como viera? Inocência explicou. Papai do Céu tinha mandado. Mas quem o trouxera? Inocência hesitou.

— D. Esmeraldina...

— Mas eu vi quando ela entrou, não tinha nada... Eu vi...

Conceição deu um riso em *i*, já fulminada pelo olhar de Inocência, e se dirigiu para a cozinha. Mas ele próprio encontrou a resposta.

— Ah! Só se foi na cesta.

Alguém confirmou, mandando-o para o quintal. D. Irene precisava dormir. Arturzinho também. Voltavam as bacias para a cozinha, Conceição já estava saindo para devolver as chaleiras.

Foi quando Bertinho apareceu. D. Gracinha dera-lhe afinal licença. Vinha de olhos escrutadores, maldosos, quase irônicos.

— Nasceu?

Paulinho confirmou. D. Esmeraldina tinha trazido na cesta – imagine, Bertinho, numa cesta! – o bebê que Papai do Céu tinha mandado. Era uma beleza de irmãozinho. Logo a gente poderia brincar com ele. Era mais um para o Batalhão de Caçadores.

Bertinho ouvia.

— Vamos lá no quintal?

Foram.

— Escuta: quem foi que disse que ele veio na cesta?

— Inocência.

— Mas tu viu?

— Eu vi a cesta.

— E viu ele na cesta?

— Não.

— Olha: estão te embrulhando. Não é assim não. Ele saiu de tua mãe.

Paulinho ficou estatelado diante do absurdo. Mas Bertinho explicou. A ele não enganavam. Não era nada de cegonha. Não era nada de cesta. Ele bem que sabia. Já tinha notado. O Osvaldo, filho de d. Emerência, também não ia na história.

– Tu não viu como tua mãe andava barriguda?

– Vi!

– Vai ver agora. Garanto que a barriga acabou. Com d. Luísa foi a mesma coisa. O barrigão foi crescendo. De repente o menino apareceu e a barriga acabou. O Osvaldo já tinha dito. Queriam enganar a gente. A criança estava era dentro.

– Vai ver tua mãe.

Paulinho correu ao quarto.

– Venha cá, meu filho.

Aproximou-se como um criminoso. Ela o acariciou com demora, puxou-lhe a cabeça, beijou-o na testa.

– Seja bom com seu irmãozinho, meu filho. Ajude a mamãe...

O menino voltou lentamente para o quintal, sério.

– Tu notou?

– Notei.

– A barriga não diminuiu?

– Diminuiu.

Calou-se. Bertinho também. O mistério os desnorteava. Então Bertinho insistiu. A criança saía de dentro da mãe. Mas havia uma coisa que não conseguia entender: como entrava e por onde saía...

10

– Que é que você pretende ser quando for homem?

A pergunta era frequente. Era chegar visita e a pergunta ser feita. Quando Alice não estava perto, mais de uma vez Paulinho se abrira com Tito ou Bertinho:

– Eu tenho raiva de gente grande... Cada pergunta besta!

De fato, a não ser os elogios que faziam – mas eram sempre os mesmos e cheiravam muito a simples vontade de agradar aos pais –, os elogios e um ou outro pacote de rebuçados (era bem melhor quando davam dinheiro, mesmo que fosse vintém), não havia nada mais maçante que visita de gente grande.

Em primeiro lugar, tirava-lhes toda a liberdade.

Não faça barulho agora! Não fale alto assim! Não vê que tem visita?

Em segundo lugar, os mais velhos arrancavam-nos aos jogos e brinquedos.

– Como é que você se chama?

– Paulinho...

– De quê?

Era preciso dizer todo o sobrenome.

Ou então era outra a curiosidade.

– Que gigante! Quantos anos você tem? Seis? Mas está um homem! Daqui a pouco você está avô, seu Teixeira!

Tudo aquilo só tinha um significado: brinquedo interrompido, esperdício de tempo.

– Posso ir brincar outra vez?

D. Irene olhava o filho com ar a um tempo de compreensão e censura:

– Vão, mas não façam barulho. Tenham maneiras.

Mas o mais irritante era sempre aquele interesse pelo futuro:

– Você vai ser o quê?

A experiência ensinara que deviam sempre querer uma coisa cacete. Constrangiam-nos à escolha de carreiras absolutamente sem o menor interesse, a julgar pelas insinuações. Porque sempre insinuavam a resposta: "Quer ser advogado? Quer ser professor, como seu pai? Quer ser escritor? (Podia lá saber Paulinho o que era escritor?) Quer ser médico?" De médico ele gostava um pouquinho. Mas de brinquedo, no quintal ou na casa de d. Gracinha. Porque geralmente o enfermo era Maria Amália e ele tinha o direito de auscultar-lhe o peito, o coração, de segurar-lhe o pulso redondinho, com o ar de importância do dr. Tarquínio. Fora daquilo, não interessava a profissão. Nem pretendia crescer, a menos que pensasse em Alice, pensamento na verdade muito ocasional. Uma vez que hesitara na escolha, seu Pacheco interveio:

– Já sei! Ele quer ser é governador do Estado!

Achou-se no caso uma graça infinita, que Paulinho não percebeu. Das profissões que propunham, uma só o atraía ligeiramente: a de militar. Oficial montado a cavalo o entusiasmava. Era sempre esse o seu posto nos brinquedos de guerra. Mas a guerra de verdade com gente morrendo e canhão dando tiro interessava muito pouco. Às vezes desfilava pela rua o 48 de Caçadores, os homens bronzeados curvos ao peso de armas e mochilas, a banda na frente, uma toada que divertia nos jogos, mas entristecia, quando viam soldados de verdade marchando:

Ai Jesus
Que eu vou pra morrer...

Dizia-se que iam embarcar para o Amazonas ou para o Sul, que havia revolução, que iam morrer...

de tanta pancada
e tão pouco comer...

Não, não o atraía muito. Nem aquela, nem as outras que sugeriam. Seu pai, quando o inquiriam, costumava dizer que Tito devia ser advogado, tal a veemência com que defendia os seus direitos, a facilidade com que inventava desculpas. Em sua opinião, Paulinho seria escritor, tal a facilidade com que mentia, inventando longas histórias, se apanhado em falta.

– Mente como ninguém! Nunca vi imaginação igual!

E havia um tom de amargura quando falava daquele defeito, que lhe parecia lamentável do ponto de vista moral. Mais de uma vez, a propósito disso, fez sombrios sermões.

A solução mais fácil, na verdade, para poder regressar ao que os interessava, era, portanto, aceitar uma das profissões que lhes propunham. Tito ficara na advocacia. Paulinho aceitara a medicina. A própria Mina já ia ser professora. Logo escolheriam carreira para Arturzinho. Bertinho possuía mais personalidade: se limitaria a ser rico.

– Com quê? Com fábricas? Com lojas?

– Com dinheiro!

Mas Bertinho não fazia assim tanta questão de ser rico. Na realidade, seu sonho era ser maquinista, dirigir o trem do Anil. Quisera antes ser leiteiro. Por tempo curto sonhara com a farda de comandante do 48, ali pertinho de casa, no Largo do Quartel. Pensou em vender carvão, os cofos pendendo nos extremos da vara ("Olha o carvoeiro!"). Invejou depois os cocheiros do bondinho chicoteando os burros, Rua Grande abaixo. Mas acabou se fixando em maquinista do trenzinho do Anil desde uma tarde em que fora com seu Peçanha ver a Fiação. Paulinho respondia que seria médico. Assim ficava livre de seu Pacheco, de d. Eulália, do dr. Osvaldo. Mas Tito e Bertinho sabiam que não. Quando ele crescesse, iria vender pamonha pelas ruas. E com que perícia ele se antecipava, cantarolando fanhoso o pregão melancólico:

– Pamonha! Pamonha! Tá quentim... Cheeega na pamonha!

11

Tito não ia muito longe. Contava até cem. Mina era limitadíssima. Paulinho contava até 1.500, já fizera a experiência, certa manhã, na velha rede. Ficara de garganta seca, de tanto contar. Naturalmente sabia como prosseguir. Mil quinhentos e um... Mil quinhentos e dois... Mil e seiscentos, mil e setecentos... Já sabia. Mas como estacara esgotado, sem continuar, quando Bertinho lhe perguntou sobre os horizontes de seus conhecimentos matemáticos, respondeu honestamente que, por enquanto, contava até 1.500. Nem estava muito interessado na demonstração de ciência maior.

Bertinho assegurou, porém, triunfante, que ia até 2 mil. Paulinho duvidou:

– Não sabe!

– Sei!

Ele nunca o vira contar. Achou que estava mentindo.

– Conta. Quero ver.

– De outra vez eu conto.

– Não. Quero agora. Tu tá querendo ver no livro. Garanto que tu não sabe.

A discussão começou. Bertinho recalcitrava. Com certeza já fizera experiência idênticas e não pretendia mais incidir na tremenda estopada. Não havia coisa pior. Mas se ele tivesse concordado em saber até 1.500 somente, Paulinho poderia transigir. Dois mil, não. Precisava provar.

– Tu quer me enganar. Pensa que eu vou na onda? Conta, vamos ver.

Bertinho ainda quis transacionar. Por que não iam brincar de bondinho? Paulinho seria o dono. Ele se limitaria a passageiro. Paulinho foi inflexível:

– Não, tu tá querendo é fugir. Pensa que me embrulha? Vamos. Quero ver. Garanto que tu não conta nem até mil.

Bertinho estava desesperado.

— Conto, sim. É a coisa mais fácil. Qualquer um conta...

— Qualquer um diz que conta. Contar, mesmo, é que eu nunca vi.

— Mas é pau!

— Pau, nada! É difícil... Se tu soubesse, já tinha começado. Vamos ver. Eu ajudo... Um... dois...

Ele relutou:

— Isso quem é que não sabe?

— Tu eu acho que não. Tá tirando o corpo.

— Tá bem. Então eu conto. Mas de mil pra cima...

— Ah! Tu não sabe antes de mil?

Ele já não duvidava. Bertinho poderia contar. Mas agora o gosto puro de irritá-lo o espicaçava. Queria vê-lo também de garganta seca, exausto, engolindo as palavras. E acrescentou:

— Justamente o mais difícil é antes de mil. É a base, como disse papai.

Num desafio:

— Bem, mas se tu não sabe eu não vou obrigar...

Bertinho ficou sério algum tempo, desgarrado pela batalha anterior. Se não fizesse a prova, o amigo o atormentaria pelo resto da vida. Passava a língua nos beiços, olhava a porta, num desejo de fuga. Depois, resignado, começou, lento:

— Um... dois... três... quatro...

Foi apressando a contagem.

— Não. Depressa não. Tu é capaz de pular algum número...

— Vinte e nove, 30...

Sua voz tinha arrepios de ódio.

— 126... 127... 128...

— Cento e vinte e quanto?

— E oito!

— Ah! Eu pensei que tu tinha pulado.

O garoto sofria.

— 341... 342... 724... 725...

Já estava esgotado. Tito apareceu na sala chorando.

– Coitadinho do Tito...

– Não. Conta... Não vem com pretexto...

– 726... 727...

Nisso, apareceu Maria Amália na porta. D. Gracinha o chamava. Nunca Bertinho obedeceu com tanta presteza. Seus olhos brilharam.

– Mamãe está chamando. Não é culpa minha...

– Não faz mal. Depois tu começa outra vez...

– Mas eu já estava em 727...

– Não. Assim é fácil. Eu quero ver é contar em seguida...

E feliz, porque o tinha nas mãos, saiu apitando, corredor adentro.

– Piupiú... Piupiúú!

O trenzinho do Anil trafegava outra vez.

12

Bertinho correu à cozinha e escolheu no cofo um toro afilado de carvão. Geralmente havia sempre instrumento assim em seu bolso para as inscrições tão do seu gosto ou para desenhar pelo chão. Naquilo Bertinho o superava. Tinha uma facilidade espantosa de representar as coisas, com traços rapidíssimos. Seus seres humanos eram muito sumários. As pernas, blocos arredondados pendendo do corpo quadrado. Os pés, enormes. Nas mãos, dedos inúmeros, espetados e finos. Os olhos, a boca, as orelhas provocavam risadas nos mais velhos. Mas Paulinho admirava-lhe a arte.

– Faça Nhá Calu...

A língua no canto da boca, muito inquieta, Bertinho riscava rapidamente. Nhá Calu surgia. Até as pernas grossas lhe pareciam iguais.

Sua especialidade maior estava, porém, noutro terreno. Com dois traços produzia um rude símbolo masculino, exatamente como os muitos modelos que viam frequentemente pelas paredes e calçadas. Mas acrescentava-lhe uma nota pessoal, uma longa curva pontilhada que ele ao desenhar sincronizava com efeitos de som, para maior realismo...

Já representara inúmeras coisas. Desenhara uma casa, um bode, um bonde. Paulinho e Tito estavam deslumbrados. Afinal cansou-se. Saíram para a calçada. Longe cantarolava um vendedor de camarão. Uma preta passava oferecendo um paneiro de sapotis. Bertinho estava eufórico. O entusiasmo de Paulinho pela sua pintura vingava-o de suas frequentes partidas. Saltava de gosto. De repente, teve uma ideia. Curvou-se, traçou uma linha escura na calçada. Deu mais alguns passos, traçou-lhe outra linha paralela.

– Tu não é capaz de pular daqui até aquela linha.

Paulinho era sempre capaz. Topava todos os desafios.

— Sou!

— Não é!

E com desprezo:

— Nem em 20 anos!

Perguntou:

— Se eu pular, o que é que tu me paga?

— Tu? Qual!

— Quanto é que tu me paga?

Bertinho exagerou a incredulidade:

— Quanto eu pago? O que tu quiser!

E depois de pensar:

— Olha: pago um milhão de contos!

— Paga mesmo? Jura?

— Juro!

A oferta era muito grande. Fê-lo pensar na dificuldade da tarefa. Se oferecera tanto, é porque devia ser mesmo quase intransponível a distância. Hesitou. Afinal, fez uma proposta: ele teria direito a ensaiar uma vez. Bertinho concordou. Paulinho armou o salto e ficou muito aquém da meta. Bertinho mangou:

— Eu não disse? Nunca, nunca que tu consegue pular.

E já aumentando a proposta, para traduzir bem a impossibilidade do feito:

— Quer saber de uma coisa? Eu não pago um milhão... pago dois milhões, se tu pular.

— De contos? — perguntou Paulinho incrédulo.

— Ué! De contos! Então não há de ser?

Diante daquela perspectiva ele se encheu de energia. Recuou um pouco, reuniu todas as forças, deu a corrida, armou o pulo. Foi cair muito além da linha marcada. Mal acreditaram, ele e Bertinho. Mas quando se convenceu de que vencera, avançou para o amigo:

— Agora os meus cobres!

Bertinho não esperava a cobrança.

— Vamos! Paga e não bufa!

– Pagar o quê?

– Não te faz de besta. Quero os meus 2 milhões! Tu jurou...

– Mas eu não tenho!

– Não quero saber! Tu jurou que pagava. Eu pulei. Agora paga!

– Mas...

– Não quero conversa! Paga!

Prolongou-se a discussão. Insultos. Dentro em pouco rolavam por terra. Paulinho foi-lhe às orelhas, aos cabelos. Ele veio aos seus. Sustou-se a luta. Nova troca de palavras. Propostas. Contrapropostas. Novos bofetões. Rolaram de novo. Tito gritava. Uma preta da casa ao lado os separou. D. Irene apareceu na janela, assustada. O que havia?

Ainda choroso, imundo e machucado, Paulinho explicou. Bertinho tinha dito que pagaria 2 milhões de contos se ele pulasse desta linha até aquela. Tinha pulado. Agora não queria cumprir a palavra.

– Eu já deixei por um vintém e nem assim ele quer me pagar!

13

— Ih! Vem chuva como cabelo de sapo! — disse Nhá Calu a d. Irene.

Paulinho foi à janela. O céu estava baixo, nuvens pesadas escureciam a terra.

— Tito! Mina! Venham ver!

O vento carregava em seu bojo, vindas de longe, da Avenida Silva Maia, folhas secas, perdidas de medo. Pedaços de jornal passavam, impelidos por invisíveis pontapés.

— Nossa Mãe! Vai chover canivete! — disse Paulinho, repetindo uma frase que lhe agradara muito, vinda dos lábios de d. Militina, tempos antes, numa tarde igual.

Dizia aquilo, um pouco pela expressão que lhe parecia linda, muito pelo efeito nos outros. Chuva, em casa, era pânico. Nhá Calu ficava apavorada, tapava os ouvidos, atirava-se aos santos. D. Irene dominava-se a custo. E Tito e Mina se metiam pelos cantos, encolhidos de horror.

— Eu sou moleque macho, não tenho medo!

E passeava o seu orgulho pela casa, ia à janela ver se a chuva chegara.

— Falta pouco, Nhá Calu...

Saiu à rua, foi à esquina. As árvores da Avenida Silva Maia e as do Largo do Quartel bracejavam desesperadas. Passava gente com pressa. Um bêbado, à porta do Lanterna Verde, regougava blasfêmias, cuspinhando no chão.

Na casa de seu Peçanha veio Alice fechar as janelas.

— Pra casa, Paulinho! Vai chover...

O trovão reboou à distância, apertando-lhe a alma. Voltou para casa, como para atender ao pedido de Alice. No fundo, sofria também. Mas o medo geral era para ele um desafio, a oportunidade de se afirmar como homem.

— Nesta casa, só quem tem coragem é gente que começa com P: Paulinho e Papai!

Entrou com as primeiras bátegas pesadas, placas violentas se arrebentando no chão.

— Principiou, Nhá Calu!

Inocência correu, fechou as janelas. D. Irene começou a tossir. Mina e Tito se esconderam embaixo da mesa, puxando a toalha como cortina, para abrigo melhor. Montou num cavalo de pau – pleque, pleque, pleque –, chicoteando viril o velho cabo de vassoura, sala adentro, sala afora.

— Não acha bom parar? – perguntou d. Irene.

— Ué! Por quê?

— Eu acho que já bastava o barulho da chuva – explicou Nhá Calu.

Desceu do cavalo com pena. Montado, correndo e chicoteando, ouvia menos o estalar da chuva castigando o telhado, lavando as paredes, já rolando escura pela rua abaixo. E ouvia menos o trovão distante, que era o seu tormento.

— Vamos preparar os barquinhos?

Mina e Tito não estavam interessados.

— Vamos preparar os barquinhos pra depois, pra botar na enxurrada?

D. Irene tossia. Nhá Calu rezava. Conceição tinha as mãos nos ouvidos.

— Gente mais medrosa!

Falou alto, para reagir contra o contágio do medo que acabrunhava a todos. Infelizmente o pai havia saído. A indiferença com que o via mergulhado no livro, em momentos assim, era um ponto de apoio inestimável. Mas o pai fora ao Liceu. Dia de grego.

Olhou angustiado para os lados. Foi à janela, espiou a rua.

— Venha ver, mamãe! Parece um rio!

D. Irene tossia.

— Nhá Calu? Nhá Calu? Parece um rio!

Nhá Calu rezava.

– Tito, vamos brincar de guerra? Eu deixo tu ser general...

Tito enfiava os dedos nos ouvidos.

– Mina, tu quer brincar de cavalinho? Eu sou o cavalo, tu monta em mim...

Mina estava transtornada de horror.

Correu para a mãe.

– Quando eu crescer, eu vou ser médico, não é?

D. Irene sorriu.

– Vou ser médico e arranjo um remédio para a tosse de você... tá bem, mamãe? Tá bem?

14

A bonança voltou. Abriram-se as janelas. A laura-rosa e a pitangueira cintilavam, o sol faiscando no resto da chuva das folhas lavadas. Nas próprias galinhas sentia-se a alegria do retorno do sol. Alma leve nos garotos. E no alívio geral, uma liberdade maior. Nos primeiros momentos o controle fugia. Preparou-se rapidamente uma esquadra completa. Velhos números da *Pacotilha* transformaram-se em barcos de vários tamanhos, lançados à enxurrada barrenta se espraiando pela calçada, indo ao meio da rua. Paulinho lançou primeiro *Aquidabã*. O barco se deteve um momento, incerto, foi bruscamente sacudido por um graveto que passava, adernou vacilante, uma onda o levou. Outros barcos o seguiram. Por toda a Rua do Sol havia uma festa de barcos e gritos, os garotos descalços, muitos metidos na água, gente mais velha recomendando cuidado. Um céu novo em folha varria as almas. Barcos de desfaziam, simples páginas de jornal outra vez, desmanchados pela correnteza.

– Olha o combate!

Dois deles se chocaram. Pareciam cansados de uma longa viagem. Vontade nenhuma de brigar. Agarravam-se, como se quisessem lutar juntos contra a violência da enxurrada.

– Ih! O meu tá ganhando!

Não estava. Ambos giragiravam. O papel molhado os unia. Um impulso inesperado os lançou para a margem, foram encalhar num remanso, quase desfeitos pela corrente. Passava, muito rápido, pequenino, um barquinho de papel de embrulho.

– Olha! O meu foi-se embora! Vai chegar a Manaus!

Manaus era o ponto final da imaginação de Paulinho, desde que o noivo de Inocência fora para lá, sem mandar mais notícias.

15

Sim, essa a história triste de Inocência. Julião, carpinteiro, trabalhava na casa, ajustando umas tábuas no assoalho, sempre cercado pelos garotos, atraídos pelas fitas de madeira que saíam da plaina, por ele manejada com arte. D. Irene perguntou-lhe se não conhecia uma cozinheira.

– Tem minha noiva. Serve?

– É de confiança?

– Eu sou suspeito – sorriu modestamente Julião.

Assim tiveram Inocência, que apareceu na manhã seguinte pelas mãos do noivo. Todas as noites Julião vinha vê-la.

– Entre, Julião.

– Não se incomode, d. Irene. Eu gosto de ficar na calçada...

Inocência descia, conversavam à porta, longo tempo. De outras vezes saíam.

– Vou dar uma volta com Julião, d. Irene. Posso levar o Paulinho?

Inocência tinha medo da língua do mundo. Não queria dar o que falar. Nunca saía só com o noivo, à noite.

– Nós voltamos logo. Paulinho pode vir junto?

– Mas não demorem. Arme as redes primeiro.

Passavam o Lanterna Verde, atravessaram o largo, iam para a Avenida Silva Maia, onde Julião tinha um banco predileto perto do tanque. Os sapos coaxavam de maneira soturna, enchendo a noite de melancolia. Mas Julião, apesar de se irritar com a presença de Paulinho, era generoso. Comprava sempre pamonha, que Inocência repartia, ou cuscuz.

– Cuscuzeiro, vem cá!

Metia a mão no bolso do colete, recheado de moedas de cobre, que agitava na mão enquanto comprava. Inocência desviava os olhos, talvez para não se mostrar interesseira. Ele estendia-lhe, com um gesto fidalgo, o embrulhinho de folha de bananeira.

– Tu me dá um pedaço?

– Não seja pidonho, menino, é feio! – doutrinava Julião. – Espere, que ela dá...

Era um preto alto, a gaforinha repartida ao meio, os lábios breves, dentes muito brancos, morava na Rua da Alegria numa porta e janela.

Inocência comia pouco. Estava noiva e fazia luar. Tirava uma parte para si, que esfarelava na mão.

– Tu não quer, Julião?

Ele também não queria. Jantara bem.

– É pra você, Inocência.

Ela só queria provar. De modo que o grosso da ração cabia a Paulinho e mal chegava para a sua gulodice. Depois, ia lançar a folha de bananeira no tanque, a ver se boiava. Julião ficava dizendo coisas. Inocência baixava os olhos, risonha. Ele tomava-lhe as mãos.

– Não faz isso. Paulinho está espiando...

– Ué! que espie...

– Mas ele pode contar para d. Irene.

– Deixa contar. Tu não é minha noiva?

– É, mas não fica bem...

Geralmente voltavam discutindo. À porta da casa ainda falavam um pouco, ele sempre irritado.

– Fala baixo, d. Irene pode ouvir.

Na hora do até logo ele pegava na mão, ficava segurando.

– Me larga, Julião. Olha d. Militina...

Julião se zangava, dizia um passe-bem ríspido, Inocência entrava e começava a chorar.

– Brigando outra vez? – perguntava d. Irene.

– Não, atrevimentos de Julião. Ele anda muito apresentado. Não sabe falar sem querer pegar na mão da gente...

– E que mal há nisso, Inocência? Vocês não são noivos?

Então Inocência contava que um noivo tinha feito mal à irmã dela no Itapicuru, fugindo depois. Ela acabara se enforcando.

Paulinho não entendia a história, mas ficava do lado de Inocência.

16

Depois começaram a escassear as visitas de Julião. Só de raro em raro aparecia. Um dia veio, conversou mais tempo, Inocência chorava.

– Ele bateu em você, Inocência?

– Não, Paulinho. Julião vai pra Manaus.

E chorou novamente. O carpinteiro explicava. Em São Luís ganhava pouco, havia muito dinheiro em Manaus. Quando tivesse bastante dinheiro mandaria buscá-la. "A gente faz uma casa lá..." Inocência acabou concordando.

– Mas tu manda notícia?

Julião prometeu. Toda semana escreveria uma carta... Ela pôs em dúvida. Ele mandaria, palavra de Deus...

– Mas eu não sei ler.

– D. Irene lê para tu ouvir. O Paulinho não está aprendendo? Até ele pode ler...

Ela se agarrou a Paulinho, desesperada:

– Tu lê, Paulinho?

Jurou que leria. Inocência pareceu mais calma. Veio Teixeira e soube dos planos de Julião. Achou boa ideia. O Maranhão estava paralisado. Ficara nos tempos de João Lisboa.

Não havia progresso. "Aqui ainda circula o *derréis*..." Que fosse para o Amazonas, onde a borracha movimentava rios de dinheiro.

– Não chore, não, Inocência. Julião sabe o que faz.

O preto sorriu agradecido e estendeu uma moeda ao pequeno:

– Vai comprar um pão doce na Padaria Vitória...

Paulinho voltou pouco depois. Seu pai dizia coisas animadoras sobre a vida em Manaus. Julião concordava, acrescentava outras coisas. Tinha um irmão como seringueiro no Purus. Ele não, que não era homem do mato. Trabalharia no ofício, não gostava de cobras, acrescentou com um sorriso.

E ao despedir-se:

– Doutor, eu queria lhe pedir uma gentileza.

– Peça, Julião...

– O senhor, que é um homem instruído, podia ajudar a Inocência numa coisa?

– Se estiver em mim...

– Está, doutor... Eu vou escrever umas cartas... O senhor podia ler pra ela?

E com superioridade:

– Ela não sabe ler, coitada...

17

Inocência passava as manhãs correndo à porta da rua, colher de pau na mão.

– O carteiro já veio?

Não achava sossego. Às vezes era ela quem recebia a correspondência.

– Paulinho, vem olhar. Tem carta pra mim?

E estendia o maço de cartas. Não havia. Ela baixava os olhos desesperada, contando nos dedos. Já fazia "tantos" dias que Julião partira.

– Não dava tempo dele escrever, d. Irene?

Dava. Mas a carta poderia extraviar-se, ninguém sabe...

– Como é que as outras não se extraviam? – perguntava Inocência, apontando a colheita epistolar da manhã.

E se o navio em que viajava o noivo tivesse afundado? Também não era provável. Notícia má corre logo. Já se teria sabido. Julião a teria olvidado? Inocência não podia acreditar. Nas últimas visitas não houvera brigas. À ideia de o ver partir, Inocência esquecera a má-língua do mundo. Não dera motivos de queixa. E as palavras de Julião eram todas ternura e antecipação de saudade. Falava até em filhos.

– Filho meu não vai ser malcriado que nem esse. Nem parece filho de doutor... Menino mais intrometido, mais levado da breca...

Inocência o defendera. Levado, mas de bom coração... Por tudo isso ele acompanhava com interesse as angústias de sua expectativa. Era ele próprio quem se antecipava, à aproximação do carteiro. Mas nada.

– Vem cá, Paulinho. Ele saiu no dia 20 do mês passado. Quantos dias faz?

Paulinho explicava a sua matemática, um pouco no papel, um pouco nos dedos.

– Vinte e sete, Inocência.

Ela ficava séria.

– Julião não pode ter me esquecido. Não é possível...

E alarmada:

– Será que houve alguma coisa com ele? No Amazonas tem sucuri, tem muita onça... É capaz de alguma...

E sua imaginação se perdia nas florestas sem fim, nos rios imensos.

– Lá tem jacaré como pulga, Paulinho! Meu tio contava. E tem cobra que não acaba mais... E cobra do tamanho dessa sala... Engole um boi... Meu tio dizia. A cobra se enrola no boi, vai apertando, vai apertando até matar. Depois começa a engolir devagarinho, fica toda estufada, leva uma porção de meses assim. Só aí que é fácil acabar com a bicha...

Depois concluía:

– Se a sucuri faz assim com um boi, imagine se ela pega Julião...

Paulinho procurava animá-la:

– Mas tem sucuri na cidade? Julião não ia ficar na cidade?

– Eu não sei, Paulinho. Cobra pode vir de noite... E depois ele podia entrar na mata. Mania de Julião é pescar... Ai, meu São José do Ribamar... Eu já fiz uma promessa, pra ver se não acontece nada. Quando penso nos jacarés... Eu vi no Itapicuru um menino que o jacaré pegou...

– Morreu?

– Se morreu! Quando acudiram, o jacaré já tinha levado uma perna, o coitado ficou se desmanchando em sangue. Não houve jeito de salvar...

Ficaram de coração apertado.

– Ih! Meu Deus! O arroz está queimando!

Corria à cozinha, Paulinho atrás.

– Mas amanhã vem carta, Inocência... Amanhã vem...

18

Não veio. Nem no dia seguinte. Nem nunca mais. No fim, já Inocência não perguntava. Ao chegar o carteiro – ela o percebia de longe –, vinha com um jeito disfarçado, como quem precisava tirar o açucareiro da mesa ou arrumar alguma coisa, ficava por ali dando passos incertos, pega nisto, pega naquilo, até ver que toda a correspondência fora examinada.

– Como teu pai recebe carta! Nunca vi! Na primeira casa em que eu trabalhei, na Rua de São Pantaleão, nunca apareceu carteiro...

– Ah! Papai é danado pra receber – comentava Paulinho com orgulho.

Mas logo, penalizado:

– Mas também cada carta de letra que a gente nem entende... Carta assim eu não queria. Tu queria?

Ela suspirava:

– Eu não sei ler mesmo...

E reagindo:

– Olha, Paulinho, vai ver tua mãe. Ela tossiu a noite inteira. Vê se ela não quer alguma coisa...

Depois esqueceram-se as cartas. Já Inocência não deixava a cozinha, quando o carteiro chegava. Mas gostava de falar em Julião. Tinha conhecido o noivo num bumba meu boi, para os lados do Anil, três anos antes.

Senhora dona de casa
Licença me querais dar.
Não posso ficar na rua
Que posso me constipar...

Era o bumba melhor das redondezas, um boi faiscante de lentejoulas, brilhando à luz das fogueiras e lanternas.

– Nunca vi boi tão bonito! Nem no Itapicuru!

E com riqueza de colorido, Inocência revivia a festa, tambores roncando, fogueiras lambendo a noite, maracás chacoalhando, matracas batendo. De repente, a molecada, longe, anunciou. Ouvia-se o povo cantando, as matracas plequeplecavam.

– Abre alas, minha gente!

O bando chegou. Moleques pulavam de gosto. Veio o amo na frente, pediu licença pra dançar. E o boi entrou. Os tambores marcavam o compasso. Os vaqueiros eram muitos. A Catirina era uma negra do Codó que depois tomou veneno. O doutor era um carroceiro do Sacavém de maleta na mão. O pajé, que ia depois ressuscitar o boi, foi o melhor que Inocência já vira.

– Parecia um pajé de verdade...

Julião era o Chico, ladrão de roçado, o negro sem-vergonha que matava o boi.

– Doía no coração da gente quando o boi morria. O pessoal cantava, o boi dançava. Era um boi bonito. Mas depois o Chico fazia aquela maldade, o boi parava, começava a pender, ia caindo, se ajeitava no chão. Parece que o boi chorava, Paulinho!

E Inocência cantava:

Chico mata o boi,
Chico mata o boi,
Chico mata o boi,
Chico já matou!

Então o amo ficava desesperado, ia buscar o doutor. O doutor era importante, prometia salvar. Pegava no boi, escutava o boi, dava remédio. Mas acabava reconhecendo que a ciência não podia nada. Aí o dono se lembrava do pajé. O pajé vinha, dizia palavras misteriosas, fazia passes estranhos. E de repente o boi se agitava, ia se levantando pouco a pouco, os vaqueiros pulavam, o dono enlouquecia de felicidade, Catirina dançava. E a alegria voltava, caninha circulando, dinheiro cantando nas cuias, a festa acabada.

– Nunca vi um boi tão bonito!

Inocência não gostava de Chico. Todo sujeito que encarnava o personagem perverso lhe inspirava repulsa. Mas não agora. Nunca vira Julião antes daquele bumba. Nem ele a conhecia também. Mas ao chegar o fandango, ao pisar Julião no terreiro, logo os seus olhares se cruzaram. Inocência gostou do nego alto de lábios delicados – "o beiço dele era 'assim' de fino..." –, apreciou o jeito de ele conservar o chapéu de palha na cabeça. Gostou dos passos que dava, de uma novidade enorme nos volteios.

– Como dançava, Paulinho!

A voz de Julião se conhecia de longe, de tão bonita. E até o jeito de negro ladrão de roçado tinha em Julião uma graça envolvente.

– Eu acho que era por causa dos dentes. Tu alembra, Paulinho, que dentes tão brancos?

Logo naquele dia os dois se falaram. Ele até lhe fizera uma cortesia. Antes da morte do boi, Julião se aproximara, o boi dançando, ele também, e dissera qualquer coisa junto ao peito do boi. Foi dizer aquilo e o boi faiscante de lentejoulas se dirigiu para Inocência, na primeira fila, e pulou e piruetou em sua homenagem, acabou se curvando no chão, ela toda orgulhosa com sua saia vermelha, uma beleza de saia.

De repente, Inocência exclamou:

– Ih! Meu Pai do Céu! Vai dormir, Paulinho! Sorte é tua mãe estar doente, senão ela já tinha chamado...

Armou a rede de São Bento – "durma bem direitinho" – e se dirigiu para o quarto, cantarolando baixinho:

Chico mata o boi,
Chico já matou...

19

Mas aquela não era a única história de Inocência. Inocência tinha todas as outras. Quando começava a contar, gente grande ia chegando, ficava presa, pendurada aos lábios dela.

Sabia todas as histórias de fadas, de bichos, de crimes, de aventuras. Conhecia de cor todas as parlendas, xácaras e desafios. Recitava longos romances em verso.

Eu fui o liso Rabicho,
Boi de fama conhecido.
Nunca houve neste mundo
Outro boi tão conhecido.

A cara dela recordava a Paulinho a de um macaco do Jardim do Palácio, onde seu pai o levava certos domingos a ver as antas e capivaras, os macacos e as garças. ("Dizem que o governador anda comendo os bichos...") Inda assim não era feia. Ou melhor, parecia linda aos garotos. Mina costumava cantarolar: "Mamãe é grande, bonita e boa... Papai é grande, bonito e bom... Inocência é grande, bonita e boa..."

(– O nariz está escorrendo, menina. Limpe o nariz... – interrompia Nhá Calu.)

E Inocência ganhava uma beleza inesperada quando contava as histórias nos momentos felizes. Seus olhos se adoçavam. Da boca vinha um riso bom. A felicidade da menina pobre casando com o príncipe encantado os inundava de luz. A luz vinha dos olhos de Inocência. Mas em geral as histórias eram trágicas. Havia sofrimento em quase todas e o sofrimento era contagiante e machucava e prendia.

> *Neste surrão me meteram,*
> *Neste surrão morrerei.*
> *Por causa dos brincos de ouro*
> *Que lá no rio deixei...*

Sabia *A nau Catrineta*. Recitava os desafios de Inácio da Catingueira. Trabalhara em casa de uma família pernambucana e de lá trouxera as histórias do Cabeleira.

> *Fecha a porta, gente,*
> *Cabeleira aí vem,*
> *Matando mulheres,*
> *Meninos também.*

Ela conseguia transmitir uma sensação de terror que se apossava de todos. Tito e Mina fechavam os olhos, sentindo a aproximação do bandoleiro. Paulinho procurava identificar-se com o herói.

> *Encontrei um homem,*
> *Feito um guaribão,*
> *Pus-lhe o bacamarte,*
> *Foi pá, pi, no chão.*

Mas logo já os arrastava a pena do bandido abandonado ("mortinho de fome, sequinho de sede, só me sustentava de caninha verde"). Os homens do governo o perseguiam. Estava no canavial. Cabos e tenentes, bacamarte vivo, apertavam o cerco...

> *Cada pé de cana*
> *Era um pé de gente...*

E vinha o ensinamento, que Inocência recitava, com voz grave:

Quem tem filhos,
Mande-os educar.
Veja o Cabeleira
Que se vai enforcar...

Do Cabeleira passava para os pequenos crimes do Itapicuru ou da capital. O homem que matou a moça numa festa do Divino. A mulher que ia dormir e estava olhando no espelho quando viu o ladrão embaixo da cama.

– E estava nu e era careca! Um mulato enorme!

Inocência ria com seus personagens. Chorava com suas heroínas (e os garotos também). Erguia-se, quando os personagens se erguiam, lutava quando lutavam eles. E quando este ou aquele caía morto, Inocência caía também e Tito ficava de olho arregalado ("Não roa as unhas, menino!" – ralhava Nhá Calu), arrastado pelos poderes de contar que tinha a negra.

– Inocência, conte a história do macaco e da onça!

Ela conhecia todas as histórias de bicho do mato. De onças, de coelhos, de macacos, de bodes, de raposas, de gaviões, de cágados, de jabutis. Era sempre a luta de sobrevivência do bicho pequeno contra o bicho mais forte. Era a onça devoradora, o gavião de voo mau. E os macacos, os coelhos, os jabutis sempre em perigo. Inocência dava pinceladas odientas nos bichos de presa. Mas a onça de Inocência era sempre vencida pela astúcia dos mais fracos. Era o macaco avançando com medo, não sabendo onde a onça se escondera.

– Ou caminho! Ou caminho! Onde é que tu tá que não responde? Se não tem caminho eu não posso andar, eu vou-me embora!

E a onça estúpida:

– Uuu!

– Uai! Nunca vi caminho falar! É a onça que está escondida!

E – "pernas, para que vos quero?" – o macaco fugia.

E era a raposa passando a manta na onça. E era o jabuti, lento sempre, mas ladino, apostando corrida com o veado e alcançando a vitória. E era o coelho jogando poeira, do fundo do buraco, nos olhos da onça.

– Inocência, por que é que a onça perde sempre?

– Em história que a gente inventa é assim. É vingança da gente. Mas no mato, não. No mato é como no meio dos homens. O pequenino apanha sempre!

20

Afinal chegou a carta, não de Manaus, mas do sertão. O pai a chamava de novo. Mãe doente desde que a filha se enforcara. A família se acabando de mágoa.

– Tenho que voltar, d. Irene.

Foi tristeza na casa. Ninguém melhor para fazer uma torta. Ninguém com mais boa vontade para amassar o vinho bom de buriti. Ninguém melhor para contar histórias. Bertinho estava longe também, passava uma temporada em Alcântara, com os tios, num velho sobrado que fora de um parente visconde. Havia chorado de raiva. Alcântara, todo dia peixe e camarão, quase só camarão. Cidade pequena, o único passeio bom ao antigo forte. E a travessia no barco à vela, passando pelo Boqueirão, que martírio!

– O barco vai virado o tempo todo... A gente precisa se agarrar pra não cair na água. E tá "assim" de tubarão.

Mas precisara partir, com as irmãs e a mãe. A Rua do Sol perdera a graça. Em todo o quarteirão quase não havia crianças. E tinha dado peste bubônica numa casa, ficava um soldado à porta, sentado numa cadeira de palha, a calçada toda molhada do banho de creolina, afastando a gente que passava.

Teixeira andava cheio de aulas. Saía muito. D. Irene continuava tossindo, triste, os olhos vermelhos. Mina falava, já participava dos jogos. Mas para Paulinho era muito criança. Arturzinho mal dava os primeiros passos. Tito era independente. Sobretudo falava pouco. O "sisudo", como o pai o chamava. E aquela sisudez era quase sempre anúncio de alguma travessura, que imaginava e executava sozinho.

– Quando vejo esse menino meio vesgo de tanto tramar – dizia Nhá Calu – fico até fria. Alguma arte está preparando.

Da última vez queimara-lhe tranquilamente os colarinhos e os punhos de vários fregueses, fazendo uma experiência no quintal.

Conceição havia, afinal, assumido as responsabilidades da cozinha.

– E ainda tenho que dar banho nessas pestes! – exclamava com fúria.

21

Mas, com Paulinho, Conceição começava a ter atenções mais delicadas.

– Tu já é um homenzinho!

Aquilo o envaidecia. Não, ele não era como Tito, não infernizava as empregadas, não fugia de casa. Uma tarde toda a família ficara alucinada com o desaparecimento de Tito. A princípio julgou-se que estava refugiado em casa da velha Militina. Paulinho foi ver, não estava. Em casa da falecida Nhá Colaca, também não. Na casa em que dera a peste, igualmente não. Também não se achava na Padaria Vitória. Menos ainda no Lanterna Verde. Aí começou a angústia. Corre aqui, corre ali. No largo, não. Nem na Avenida Silva Maia, ouvindo os sapos. No quartel não podia ser. D. Irene saiu. Saiu Nhá Calu. O pai chegou e se alarmou, saiu também. Paulinho acompanhou Conceição. Pergunta aqui, indaga ali. Ninguém tinha visto um menino de calça e blusinha azul, cabelo louro caído em pastinha? "Com ar de boi sonso", acrescentava sempre Conceição. Ninguém tinha visto.

Afinal, um sargento indicou. Vira, sim. Ia para o lado dos Remédios. Apressaram o passo. Chegaram ao largo. Paulinho olhou a estátua, Gonçalves Dias no alto da coluna, palmeiras à volta. Lembrou-se de que o pai dera grandes risadas ao ler, na geografia, quando o autor falava na estátua, que todas as tardes os sabiás, naquelas palmeiras, cantavam para o poeta.

Minha terra tem palmeiras
Onde canta o sabiá...

Conceição o deixara olhando a estátua. De repente, gritou:

– Paulinho! Olha Tito!

Ela estava na amurada e apontava para o braço do Anil. Tito flanava lá embaixo, as mãos atrás das costas, contemplando um barco parado na areia, de velas enroladas, cor de jerimum. Desceram. Tito ainda quis fugir. O mestre do barco explicou, risonho:

– Ele queria que eu levasse ele pra Manaus. Mas só tinha um vintém pra passagem...

Depois do sermão e das chineladas, Paulinho viu d. Irene dizer:

– Coitadinho, ele queria ir buscar Julião. Tinha pena de Inocência...

Pelo menos, fora a desculpa...

22

– Este sim, é um menino ajuizado.

A intimidade com a pretinha ia crescendo.

Paulinho se enchia de suficiência, passava-lhe a colher de pau, ia abanar o carvão no fogareiro de ferro.

– Menino, saia da cozinha – chamava d. Irene.

– Eu estou ajudando...

– Vá brincar no quintal. Sua irmã está sozinha...

Saía, com pena. Porque Conceição também contava histórias, todas passadas em Barra do Corda, de onde viera. E histórias que lhe excitavam a imaginação. Mas sobretudo lhe agradava o jeito com que o chamava de homenzinho. Ela lhe dava importância. E lhe acenara com explicações sobre certos mistérios da vida.

– Você sabe como foi que Arturzinho nasceu? – perguntou certa vez, entre malícia e mistério.

Fez-se de ingênuo:

– Sei. Papai do Céu mandou. Veio na cesta de d. Esmeraldina...

Conceição riu.

– Veio mesmo?

– Inocência falou...

– E tu acreditou nessa potoca?

– Ué, Inocência falou...

– Vai me dizê que tu tá acreditando. Tu não é bobo...

Saiu disfarçando, a ver se ninguém se aproximava. No quarto ao lado a velha Calu soprava as brasas do ferro, o carvão estalava, fagulhas saíam da boca ardente do instrumento. Ele acompanhou Conceição na pesquisa. Ela voltou para a cozinha, pareceu distraída num mexer de panela.

Ficou esperando. Conceição nada. Meteu a colher de pau num panelão, provou, estendeu-lhe a colher:

— Tará bom de sal?

Deu gravemente o seu parecer. Estava insosso. Ela fingiu dar importância ao que o garoto dizia, botou mais sal na panela, pegou o abano, atiçou o fogo, pôs-se a picar o "joão-gome" que ficara em cima da mesinha. Depois apanhou a vassoura, começou a varrer o cimento. Havia cascas de cebola, fragmentos de carvão, grãos de arroz, escamas de peixe.

Ele continuava esperando. Conceição estava ocupada, absorta no trabalho.

— Inocência mentiu?

Ela o olhou, um sorriso nos olhos.

— Hein?

— Inocência mentiu?

Conceição fez um gesto vago.

— Mentir, não digo... Enganou...

— Então não foi d. Esmeraldina que trouxe?

— Ela ajudou...

— A trazer?

— A nascer...

E voltou a abanar o fogo.

— Então conta como foi...

— Bertinho nunca te disse?

Paulinho achou mais sábio negar.

— Não. Bertinho não sabe nada...

— Não sabe? Aquilo é um sonso...

E se mostrou novamente desinteressada.

O menino assustou a gata que entrava, para fazer alguma coisa.

— Passa! Gata mais sem-vergonha!

Conceição não pareceu notar a colaboração tão espontânea. Era ela sempre que espantava a bicha, quando aparecia.

— Mas então conta como é, Conceição...

— Contar o quê?

— Ué, como nasce a criança...

Ela o olhou longamente. Queria mesmo saber? Claro que sim.

– Um dia eu te explico...

– Explica hoje, agora...

Conceição informou que não devia. Ele era muito criança, não podia saber essas coisas...

– Criança? Tu mesmo já disse que eu estou ficando homem...

– Mas pra saber essas coisas ainda é cedo...

– Faz de conta que eu já cresci... Conta... Eu já tenho mais de sete anos!

Ela sentou num tamborete, os joelhos à mostra, muito redondos, olhou-o pelos olhos adentro. Ia contar. Paulinho aproximou-se.

– Hein?

Conceição mudou de ideia.

– Não. Tu é criança demais. Vai brincar.

23

À tarde Conceição banhava os garotos. Trabalho penoso. Havia que limpar a bacia grande, transportar água em latas de querosene, levar tudo para o quarto dela. Empunhava uma cuia de Santarém, grandalhona, toda enfeitada de desenhos de cor, tendo ao centro uma palavra: "Lembrança".

O cerimonial se prolongava. Primeiro chegava Arturzinho, chorando sempre, rebelado contra o banho, esperneando, atirando água, aos pinchos, pelo quarto todo.

– Menino mais impossível!

Depois vinha Mina, mais dócil, já vaidosa, se vestindo como gente grande. Já usava anágua. Queria se vestir sozinha, calçava as meias, punha os sapatinhos, tentava passar o pente nos cabelos.

– Deixa! Tu não sabe, sua boba! Pronto, vai faceirar pra tua mãe.

E despachava-a para a varanda, onde costurava d. Irene.

Seguia-se Tito. Calado sempre. Às vezes ligeiramente estrábico.

– O que é que tu tá tramando, pestinha?

Seu banho era rápido.

– Pronto, vai-te embora.

Paulinho ficava para o fim.

– Vem tu agora.

Seu banho era mais demorado. Ela temperava melhor a água, despejando a chaleira na bacia grande.

– Não tá muito quente? Vem...

Banhava-o longamente, com ternura.

– Ih! Tu tá com grosseira outra vez... É calor.

Ia buscar polvilho, passava na pele.

Um dia, fez um ar complacente:

– Tu tá ficando safado, hein?

Paulinho, trêmulo, garantiu que não.

— É... eu sei... Pensa que eu não vejo?

Ele assegurou que não fizera nada.

— Vai dizer isso pra outra... Eu bem que noto...

— Mas o que foi que eu fiz?

— Ahã! Tu é mesmo safado, moleque... Todo home é assim... Não tem diferença. Desde pequenino já vem com sem-vergonhice.

Ele sinceramente não percebia a razão do remoque. Mas Conceição não parecia zangada. Era compreensiva.

— Então eu não vejo o teu jeito de olhar? Tu fica todo tempo espiando no meu peito...

De fato, quando Conceição se abaixava, seus seios quase pulavam fora do cabeção. Ela sorriu.

— Então eu não vejo? Tu fica de olhar comprido, me espiando, sem-vergonha...

Não havia censura nas palavras. Era antes para encorajar.

— Parece até que tu nunca viu peito de mulher... Tu já viu?

Fez um ar modesto.

— Não...

— Não viu, hein, seu pestinha? Só o meu tu já espiou muitas vezes.

— Não espiei, Conceição, juro...

— Tá bem. Eu não fico zangada. O que é que tem isso? Toda mulher tem peito... Eu não sou homem, sou mulher...

— Por que é que homem não tem?

— Ué! Deus não quis... Tu não sabe que homem é diferente?

— Sei...

— Pois então... Mulher tem peito, homem não tem. Tu queria ter?

— Eu não...

Conceição achou graça.

— E tu ainda não viu um, direito?

Ele confirmou o que já dissera. Conceição fez um ar cauteloso:

— Escuta aqui...

Nisso, entrou Nhá Calu. Conceição penteou-o rapidamente.

— Pronto. Vai brincar, coisa à toa. O jantar tá me chamando.

24

No dia seguinte Paulinho saltou da rede mais cedo. Conceição acendia o fogareiro, preparava o café, as garrafas de leite ainda por destapar. Examinou-lhe o rosto. Já se lavara, não havia aquele risco seco de baba no canto da boca, tão do seu desagrado. O resto da casa continuava dormindo.

– Tá pronto o café com leite?

– O que isso, menino? Já levantou? Nem o padeiro chegou ainda... Tá com muita fome?

Não. Não estava. Podia esperar.

– Vai lavar o rosto.

Obedeceu.

– Já escovou os dentes?

Exibiu-os.

– Olha aí. Não limpei?

Ela continuou ocupada, punha o leite a ferver.

– Conceição?

– Uhm?

– Tu ontem me perguntou se eu já tinha visto peito de mulher...

Ela ficou silenciosa, foi buscar o abano.

– Quer que eu ajude?

– Não precisa...

Houve ligeira pausa. Vendo que não parecia interessada, continuou:

– Só vi dando de mamar...

– E daí?

– Ué... só...

– Hã...

E não lhe deu mais atenção.

O garoto cantarolou, distante:

Varre, varre, vassourinha,
Varre, varre, vassourinha,
Vassourinha varre o chão...
O abano faz o vento,
O abano faz o vento,
Vassourinha varre o chão...

Conceição continuou o canto, sem o olhar:

Linda vassoura,
Quando tu fores minha,
Abana, abana,
Meu abanador...

E abanava o fogo. O menino interrompeu-a:
– Sem ser pra dar de mamar eu nunca vi...
Os olhos de Conceição se iluminaram num sorriso. Levou o dedo ao canto do olho direito, repuxando-o.
– Nunca, não é, seu malandro? Eu te conheço...
– Não vi, não. Palavra!
Ela veio para seu lado. Paulinho demorou o olhar nos seios redondos que lhe acenavam como promessa.
– Escuta aqui, safadinho. Tu não me engana, não. O que é que tu qué?
– Nada...
– Tá querendo vê, não é? Qué que eu mostre o meu, sem-
-vergonha?
– Não! – protestou assustado.
Ela ergueu a mão ao seio esquerdo por cima do cabeção, ficou passando a mão nele, lentamente.
– Ota menino ordinário... Nunca vi! Tão pequenino...
E sorria.
Ouviu-se um barulho no corredor. Seu Teixeira se levantara. Arturzinho chorava.

Conceição baixou a voz, apressada.

– Na hora do banho eu te mostro. Agora vai-te embora. O "carro de manha" já começou... Eta criança amolante esse Arturzinho!

25

Brincou o bento que bento, foi maxambomba, foi dono de barco, foi vendedor de pamonha, foi general, foi rei de França. Vagaroso o dia, difícil de encher.

— Tá na hora do banho, Conceição?

— Não seja maçante, menino! Não vê que eu tô ocupada?

A voz dela era ríspida.

— É que eu me sujei todo no quintal. Olha minha perna como está...

— Ninguém mandou ser porco... Agora te arruma!

E nem sequer o olhava. Ninguém podia imaginar, na casa, a existência de um segredo entre os dois. A própria Conceição parecia esquecida. Debalde o pequeno lhe atirava olhares de cumplicidade. Ela não via. Nem uma só vez lhe prestou atenção. Trabalhava, resmungona como sempre, zangada com as panelas, zangada com o fogo, zangada com tudo. D. Irene havia ordenado uma torta de camarão. Conceição arrumara os carvões ardentes sobre a tampa da frigideira, se queixava da vida. Já queimara a mão, lidava como burra.

— Vida mais desgraçada! Peste de panela!

Afinal, à tardinha, veio a hora do banho. O cerimonial do costume. As latas de querosene cheias d'água, trazidas do quintal. A bacia grande esfregada com raiva. A cuia de Santarém. A chaleira expelindo vapor pelo bico empinado.

— Esse inferninho já tá chorando outra vez!

Banhou Arturzinho, banhou Mina, banhou Tito.

— Agora tu, porco! Tira a roupa! Cuidado! Não pisa na cuia! Nunca te vi tão sujo! Anda! Eu não tenho tempo a perder!

E cada vez mais irritada:

— Quem toma banho sou eu. Fico toda molhada! Isto não é vida! Mal de mim, quando deixei a Barra! Vamos! Tira a roupa!

Paulinho quis brincar, para mudar-lhe o humor:

– Peladeodó, macaxeira e mocotó!

Ela o olhou, furiosa:

– Malcreadeodó!

Encolheu-se. Conceição se esquecera. O banhou começou. Colocou-o no meio da bacia, sentado, ia vertendo água com a cuia, lhe esfregando o corpo. Ensaboou-o longamente.

– Fique em pé.

Ajoelhada no chão, ele de pé, o cabeção largo, os seios boleboliam redondos à sua vista.

– Já começa com sem-vergonhice?

– Eu não...

– Tá querendo vê? Qué que eu fique nua também? Qué?

Estava feroz.

– Eu não, Conceição!

Ela tornou a ensaboar.

– Está que é só terra! Nem com caco de telha! Nunca vi peste mais porca!

De repente, pareceu acalmar-se:

– Bem, agora sim, parece gente! Vamos, se enxugue...

Passou-lhe a toalha. Vendo-a mais serena, Paulinho animou-se:

– Conceição, tu disse que deixava eu olhar...

Conceição mudara. A voz também.

– Ué! Tu já não olhou?

– Não olhei, não. Palavra!

Ela readquirira o ar complacente da véspera.

– Mas tu é ordinário, hein?

Sorriu, satisfeito, vendo que ordinário, na linguagem dela, era elogio e promessa.

– Tu quando crescê vai sê um sujeito muito à toa! Deus te livre! Pra quê que tu qué vê? Me explica...

– Pra vê...

Ergueu-se lentamente, examinou o corredor, sentou-se no tamborete.

– Encosta a porta.

Paulinho encostou.

Ela enfiou a mão no vestido. A saia estava descomposta, via-se um começo de coxa.

– Mas não é pra pegá. É só pra vê...

– Eu sei.

Expôs o seio e escondeu-o rapidamente.

– Tá satisfeito?

– Eu nem vi. Tu escondeu logo...

Então ela tirou, com longuras, o seio redondo, negro, ponta de um negro embaçado.

– Mas só esta vez. Espia bem. Depois não me amola mais.

O garoto se aproximou, curioso. Então era aquilo... Seio era aquilo...

– É um só?

– Os dois eu não posso tirar, não dá jeito.

Recolheu-o, mostrou o seio direito, igualmente bonito, o bico pontudo.

– É igual. Não tem diferença.

Tinha a mão embaixo do seio, em concha, fazia leves movimentos de carícia, tocava com o polegar o bico, que parecia crescer, uma estranha expressão, inesperada, nos olhos pequenos.

– Tem leite?

Ela se irritou outra vez.

– Bocó! Como é que havia de ter leite? Eu não sou mãe. Eu não tenho filho!

Mas logo se adoçando toda:

– Por quê? Tu queria mamá?

– Eu não! Eu não sou criança!

Ela sorriu, cada vez mais amiga.

– Tu encostou a porta?

– Encostei.

Envolveu-o com o braço.

– Se tu qué eu deixo...

Paulinho não entendeu bem o oferecimento. Calou-se.

– Qué fingi que é meu filho? Vamos brincá de filho. Eu sou a mãe. Tu é o bebê. Tu começa a chorá, tá com fome, eu te dou o peito, tu chupa...

E procurou inclinar-lhe docemente a cabeça. Visto de perto, aquilo aumentava ainda mais a sua curiosidade. Intrigava-o particularmente a pontinha de tonalidade diferente, cada vez mais dura.

– Posso pegar?

– Pode, meu nego.

Ergueu a mão cauteloso, como quem ia apanhar um passarinho assustado. De repente – zás! – deu o golpe, apertando com toda a força o biquinho do seio. Conceição deu um grito.

– Estúpido! Menino mais besta!

E escondendo o seio, feroz novamente, começou a passar a água da bacia para as latas de querosene.

– Se vista, seu peste!

E não lhe deu mais atenção.

26

Mas ele vira, sabia como era. Teve a impressão, afinal, de já ser homem. Olhava as mulheres com malícia, conhecedor das coisas. Elas pensavam que ainda não tinha visto? Já tinha. Peito era redondo, tinha um bico no meio. Cada mulher tinha dois, muito fácil notar. Nhá Calu, Inocência, d. Gracinha, d. Militina, Alice (ele não queria pensar que Alice tinha seios, não queria pensar em Alice nua, nem em d. Irene: àquela ideia, fechava os olhos, num arrepio de horror), todas eram iguais e ele agora sabia... Nem era assim uma coisa do outro mundo. Pena Bertinho andar por Alcântara. Do contrário lhe contaria que já vira também; que até pegara... que era muito engraçado... Faltava espiar o corpo todo. Bertinho já espiara. Mas nunca tinha pegado. E depois, o resto era mais ou menos a mesma coisa. A diferença grande estava nos seios. Mulher tinha, homem não, Deus não quis.

Pensou em contar a Tito a vitoriosa descoberta, para fazer-lhe inveja. Tinha visto o peito de Conceição, o outro não tinha... Mas Tito fazia as suas travessuras geralmente sozinho, jamais o convidava, mesmo quando pensava em fugir, coisa que Paulinho provavelmente aceitaria. Despeitado, não contou. Ficaria segredo seu. Além disso, achou, com superioridade, ser ele criança demais para saber essas coisas. Com certeza não entenderia, não daria valor.

Mas logo esqueceu a própria aventura. Já vira. Já matara a curiosidade. Jogos não faltavam. Nem brigas. Nem puxões de orelha. Conceição devia ter esquecido, também. Banhava-o rapidamente, rezingando sempre – "não me molhe, menino!" –, sem jamais voltar ao assunto. O serviço da casa era pesado demais. Era preciso mais alguém. D. Irene buscava outra empregada, ou para a cozinha, ou para a limpeza. Sim... Conceição não possuía a mesma capacidade espantosa de trabalho, a mesma boa vontade ilimitada de Inocência,

Inocência a rir e cantar, trabalhando sempre e ainda achando tempo para as histórias de Pedro Malasartes, de Joãozinho e Maria, do Menino da Mata e seu Cão Piloto, da mulher que descobriu o ladrão embaixo da cama, inteiramente nu, de cabeça pelada...

(Peladeodó!
Macaxeira e mocotó!)

27

Conceição se tornara tão despachada nos modos, tão ríspida, tão áspera, que o incidente dos seios perdeu logo o interesse. Nem sequer pediu "reprise". Já vira mesmo. Bastava. E os dias, ou as semanas, passavam. Mas uma tarde ela se apresentou diferente. Paulinho fugira na hora do banho, brincando com amigos novos, gente que se mudara para uma casa de azulejos, morada inteira, um quarteirão mais além. Tito apareceu a procurá-lo, já vestido e penteado, a pastinha arrumada na testa, ainda úmida. D. Irene mandara chamar. O banho esperava. Conceição tinha pressa. Paulinho deu um apito agudo – era o dono do trem –, recebeu o imaginário preço das passagens, despachou passageiros e carros, e saiu pela rua, ainda apitando, em marcha batida – choq – choq – choq! –, os braços imitando o movimento das rodas. Entrou em casa – piúúú! –, atropelou um boi, parou o trem, deu remédio ao animal, continuou a viagem. A máquina parou exausta – xxxóóóó... – à porta do quarto de Conceição.

– Vem, nego, vem tomar banho. Tira a roupinha. Nossa! Tu não tem juízo! Então isso é jeito de sujar a roupa?

Aquela inesperada Conceição o enterneceu.

– Foi sem querer...

Ela deu-lhe um tapinha carinhoso no rosto.

– Como tu é sem-vergonha, meu nego...

O "sem-vergonha" despertou-lhe velhas curiosidades. Sentiu-se de repente íntimo. Segurou-lhe tranquilamente o peito, por fora da blusa, experimentando-o:

– Tu deixa eu ver outra vez?

Conceição estremeceu.

– Toma tento, menino, podem ver.

E já concedendo:

– Mas tem modo. Tu é muito bruto...

— Não sou, Conceição. Hoje eu prometo que não aperto.

— Promete mesmo? Olha lá... Tu me machucou daquela vez...

— Eu queria ver se saía leite...

Ela fez um bilo-bilo:

— Bobinho!

Curvou-se para ver a temperatura da água e Paulinho notou que a blusa estava muito baixa e mais aberta, os seios inteiramente livres, bicos espetados.

— Engraçado o biquinho, não?

— Já tá espiando outra vez? Tu não toma senso? Arre! Deixa o meu peito em paz...

Fez um ar misterioso.

— Fecha a porta. Tu já tá ficando homem, não pode ficá nu na frente de todo mundo. Nhá Calu toda hora passa pelo corredor.

Foi à porta e fechou. Os seios estavam quase de fora, a blusa solta, um caminho entre os dois. Ela perguntou em voz baixa:

— Fechou bem?

Paulinho tranquilizou-a.

Conceição chamou-o a si, apertou-o nos braços, rosto contra rosto, peito nu contra os seios, numa ternura que o encheu de surpresa.

— Tu sabia que tá ficando um homem?

O garoto sorriu, modesto, vagamente constrangido. E ela, com ar muito sério:

— Agora eu não peço mais pra tu mamá no meu peito. Tu não é mais criança, não é?

Paulinho confirmou, mais à vontade. Ela lhe acariciava os cabelos.

— Tu já viu os de Nhá Calu?

Disse que não.

— Não queira vê. Tu pensa que é como os meus, durinho, redondo? Que o quê! Parece jenipapo, de tão murcho. Olha, pega no meu. Não machuca, hein? Não é durinho?

Era.

E num tom estranho e maternal de voz:

– Tu não é criança, não é?

E logo a seguir:

– Pega, pega outra vez...

Paulinho estava nu, de pé na bacia. Ela encheu uma cuia, escorreu-lhe água lentamente pelo corpo, começou a ensaboar devagarinho. A certa altura, disse:

– Tu pensa que mulher é assim como tu?

Olhou desconfiada para a porta. Paulinho notou que ela estava com medo. Conceição baixou a voz, repetindo a pergunta. Explicou, a voz abafada, que não só no peito era diferente a mulher. "Não pensa não, seu bobo..." Noutras coisas também... Ele não tinha notado que havia uma coisa diferente entre menino e menina? Entre mulher e homem também... (Ele já estava um homem, dizia.)

– Tu qué vê?

Paulinho acedeu.

Conceição pareceu de novo amedrontada:

– Tu jura que não conta pra tua mãe? Nem pra Tito? Nem pra teu pai?

Jurou.

– Vê lá! Tu jura? Nem pra Nhá Calu?

Tornou a jurar.

– Jura mesmo? Ói lá! Palavra de Deus?

– Palavra!

Ela ficou séria, hesitante. Estava sentada no tamborete, a saia a meia altura das coxas, um seio de fora. Seus olhos vagavam incertos. Cingiu-lhe o corpo, ele encostado no seio, confundindo com as coxas negras a água do corpinho molhado. Sua boca estava perto e falava baixinho, em tom de susto.

– Se tu jura mesmo que não conta, eu mostro... Tu vai vê como é engraçado...

Sua mão percorria-lhe as costas. A saia lhe chegava à barriga, apertou-o outra vez, numa ternura que pareceu a Paulinho inexplicável.

De repente, afastou-o, novamente alarmada:

– Tu não conta mesmo? Senão eu não deixo outra vez!

Paulinho não percebia bem o porquê de tanto medo. Já dissera que não contaria. Ela ficou mais tranquila. O menino baixou os olhos. As coxas negras estavam inteiramente descobertas. Conceição o apertou contra si uma vez mais.

– Tu percebeu como eu sou?

– Hein?

Se não havia percebido, quando se encostara...

– Ói. Vê como é...

Conduziu-lhe a mão. Os dedos de Paulinho tocaram uma floresta inesperada de pelos. Lembrou-se do que lhe contara Bertinho, por meias palavras. Tomou contato com a novidade, tateando o terreno. Foi quando se ouviu a voz de Nhá Calu.

Conceição o repeliu, como quem acordava:

– Acabou, sim! É esse porcariazinha que não quer se vestir...

28

Tito viera chamar. Os meninos da casa grande de azulejos (a de Paulinho era de azulejos também, morada inteira, uma janela, a porta, três janelas de novo, grades de ferro cor de prata nas janelas baixas), os meninos estavam brincando de pegador. Não queria também? Lá foi. Mal chegou, foi preso. Teve que sair correndo em perseguição a todo o grupo. Eles eram maiores, corriam mais. Foi uma luta. Afinal, apanhou um deles. O piques era numa das portas da Padaria Vitória. Um homem em mangas de camisa veio chegando.

– Vocês não podiam ir brincar no raio que os parta?

Mudaram de piques. Logo o brinquedo cansou. Boca de forno? Recusou-se. Luisinho sugeriu a ciranda. Não eram mulheres. Sugestão rejeitada. Paulinho quis ser trem outra vez.

– Ih! Tu escolhe sempre a mesma coisa!

Voltou-se ao pegador.

– Quem sai?

– Una... duna... tena... catena...

– Disso eu não brinco mais – disse uma voz.

– De navio... querem?

– Eu sou o dono!

Os mais velhos não concordaram. Paulinho queria sempre mandar. Súbito, um deles notou. Um moleque chegara, estava olhando, com vontade de entrar.

– Como é teu nome?

– José.

O grupo cantou em coro, provocante:

Zé Perequeté
Tira o bicho do pé
Pra tomá com café!

O menino fez cara ofendida. Imediatamente um dos mais velhos cuspiu no chão. Olhou o estranho e olhou Paulinho.

– Quem for homem pise neste cuspo.

Encararam-se rapidamente, numa avaliação de forças. Mesmo tamanho, o outro um pouco mais forte. Examinou os companheiros. Eles esperavam. Avançou, pisou no cuspo. O desconhecido hesitou um segundo. Mas um segundo só. Pisava a seguir. Pôs-se em guarda. Paulinho também. Mas nada. O dono da briga estendeu o pé, traçou uma linha imaginária.

– Quem for homem pise nesta linha.

Num relâmpago pisaram os dois, recuando numa atitude feroz de expectativa. Os amigos faziam roda, excitados. O ataque não vinha. Novo desafio. Fora jogado um papel ao chão. Quem fosse macho pisaria primeiro. Pisaram ao mesmo tempo, voltando à posição primitiva, olhos nos olhos, os punhos fechados.

– Quem for mais macho cuspa na cara do outro.

Cuspiram.

Aí o provocador viu ser necessário algo de mais positivo.

– Quem for macho dê um bofete na cara do outro.

Foi o suficiente. As mãos estalaram. Atracaram-se em fúria. Foi pontapé, bofete veio. Rolaram pelo chão ("não vale puxar o cabelo!"), agarra aqui, segura ali. Veio o homem da Padaria Vitória, separando os heróis. Por que é que não iam brigar no curral da vó? Estavam arquejantes, ensanguentados. A assistência dividida instigava outra vez. Tito, solidário, quis dar um pontapé no desconhecido.

– Covardes! Dois contra um!

Paulinho afastou o irmão.

– Pra te jogar no chão não preciso de ajuda!

Atracaram-se outra vez. Seu Peçanha surgiu naquele instante. Vinha da Alfândega. Viu a luta, separou-os com energia, dispersou o bando.

– Vejam só! Está todo rasgado, todo sujo! Vocês não têm juízo, meninos?

Paulinho correu os olhos pelo corpo. Estava imundo. Ficou apavorado, imaginando as consequências.

Entrou sorrateiramente em casa, correu à cozinha. Ao vê-lo, Conceição transfigurou-se de raiva.

– Cachorrinho! Sujou-se outra vez! Isso também é demais!

Largou a panela, agarrou-o pelo peito, sacudiu-o com ódio, arrastando-o aos empurrões para a sala.

– Vou contar tudo a tua mãe! Tu vai vê o que vai acontecê, menino impossível!

E contou. O menino ouvia o carão. A mãe falava e tossia.

– Vocês me matam de desgosto!

O pai veio do escritório, apanhou-o pelo braço, conduziu-o para o quarto.

– Vai, já-já, tomar outro banho! E não brinca mais hoje, entendeu? Vai ficar de castigo até a hora de dormir!

E voltou para a saleta.

Conceição sorriu, vitoriosa. Foi quando Paulinho se lembrou do banho anterior. E que Conceição não queria, de maneira alguma, que ele contasse. Então, dirigiu-se tranquilamente para o quarto de Nhá Calu.

– Nhá Calu?

– Já vem infernizar?

– Não, Nhá Calu... Mas eu queria dizer uma coisa pra senhora...

Ela não o olhou. O ferro dava cintilações de espelho a um largo punho que dançava na tábua vestida por um velho lençol, todo queimado.

– Sabe o que a Conceição fez hoje comigo no banho?

Ela continuava, com carinho de artista, trabalhando no punho.

– Sabe o que fez? Conceição me mostrou o peito, na hora do banho, depois encostou a minha coisa na coisa dela...

Nhá Calu largou o ferro em cima do punho e arregalou os olhos:

– O quê, menino?

– Foi, sim. Ela disse pra mim não contar a ninguém, mas eu conto, conto, conto! Ninguém mandou ela dar parte pra mamãe da minha briga!

E voltou para o novo banho, de alma leve.

Conceição vinha trazendo a bacia.

29

O café, na manhã seguinte, trouxe uma revelação.

Foi servido por Nhá Calu. Tito, o primeiro a estranhar, perguntou pela preta.

– Voltou pra Barra do Corda. A tia veio buscar – informou seu Teixeira.

O silêncio desceu. D. Irene punha no filho os olhos tristes, parecia haver chorado a noite inteira.

– Você está com dor de cabeça, mamãe?

– Vocês me dão muitas – respondeu ela. – A gente põe filho no mundo é só pra ter desgosto.

Paulinho lembrou-se da briga da véspera, na rua, e prometeu que não repetiria a façanha. Tinha sido forçado a brigar. Não queria. Não havia puxado. Nem tinha nada com o moleque. Fora Raimundo quem provocara. Começou a desafiar, ele não havia de ficar quieto. Seu pai sempre dizia que não queria filho covarde. Não havia de deixar o outro ficar imaginando que ele estava com medo. "Ele pisava, eu pisava, ele cuspia, eu cuspia, ele batia, eu batia, ora essa!"

Tito confirmou. Raimundo era o culpado.

– Acho bom vocês acabarem com essa amizade. E eu não gosto que vocês brinquem com meninos mais velhos. Isso nunca dá certo – disse o pai. – Sempre dão mau exemplo. O melhor é ficarem em casa.

D. Irene agitou a cabeça:

– Nem em casa a gente pode ter segurança...

A conversa morreu.

– Coma o seu pão, menino – disse Nhá Calu.

Acabada a refeição, perguntou d. Irene ao marido:

– Você não vai conversar com Paulinho?

Ele respondeu que sim. Logo mais...

O jeito deles, sombrio. Já no jantar e à noite, na véspera, Paulinho notara o mesmo tom misterioso. Estavam todo o tempo falando baixo, o pai indo a Nhá Calu, Nhá Calu a d. Irene. Ia um à cozinha, outro vinha em seguida. Falavam a Conceição, Conceição choramingava. De tal maneira os viu distantes, esquecidos dele e do castigo imposto pela travessura da tarde, que deslizou mansamente e foi para a rua.

– Boca de forno!
– Forno!

Folgou longamente. Tarde, o pai os chamou.

– Rede, meninos!

No quarto grande, a tosse continuava. Seu Teixeira passeava pela sala e quando a tosse parecia mais forte, parava, mordendo o bigode, olhando o quarto, sacudindo a cabeça.

O ambiente da noite continuava. Pairava uma opressão no espaço. Paulinho tomara o caderno e fazia seu exercício de caligrafia repetindo, página abaixo, a frase escrita pela mãe, com sua delicada letra de linhas altas: "O bom filho é a alegria dos pais". Tito preparava-se para dar a lição, quase no fim da cartilha. Arturzinho já caminhava. Mina embalava uma boneca de pano.

– Inácio, você precisa falar com Paulinho.

O pai se aproximou, perguntou-lhe se havia terminado a página. Mostrou. Quase no fim.

– Venha comigo. Vamos conversar...

Levou-o para a saleta. Foi de coração apertado. Algo havia. Deviam ter descoberto qualquer maroteira sua, não sabia qual. Sua consciência não o acusava. A questão da briga estava definitivamente explicada e esclarecida.

Teixeira encostou-se à mesa onde escrevia, olhou-o de olhos muito sérios. Paulinho assustou-se.

– Eu não fiz nada, papai...
– Eu sei, meu filho.

Calou-se, olhando o filho.

– Que idade você tem?
– Ué... sete...

Calou-se de novo. Sentou-se na rede, num ranger de armação.

– Você... você precisa tomar juízo...

– Eu tomo, papai. Eu prometi. Não brigo mais...

– Não. Não é isso. Eu preciso explicar uma coisa a você, meu filho... O que houve ontem...

– Foi por culpa de Raimundo, eu já disse. Tito viu...

O pai estendeu o queixo para a frente, num jeito muito seu, ficou passando a palma da mão contra a barba.

– Pois é... Vocês precisam tomar juízo, vocês precisam tomar juízo... Sua mãe anda doente... Vocês acabam com ela, coitada...

Paulinho sentiu que lágrimas lhe molhavam os olhos. Reagiu. Homem não chorava.

– Ela não está tomando remédio?

– Está. Mas só remédio não adianta. Ela precisava de sossego, de paz...

– Eu não faço mais barulho, prometo, papai!

Teixeira silenciou outra vez. Pegou um livro na estante, pareceu distraído.

– Posso ir embora, papai?

– Não. Espera um pouco. Eu preciso falar com você. Você viu que a Conceição foi-se embora?

– Vi. O senhor contou. Foi pra Barra do Corda. É longe?

Não respondeu. Paulinho ficou olhando na parede o retrato do avô. O pai seguiu-lhe o caminho do olhar.

– Seu avô tinha tanta vontade que você fosse um menino bonzinho, ajuizado... Ele gostava tanto de você...

– Por que foi que ele morreu, hein?

A pergunta ficou sem eco.

– Pois é... A Conceição não tinha muito juízo... Era uma mocinha, coitada, de má formação. Não teve pais que a ensinassem... Não pôde ter uma boa educação...

– É mesmo, papai. Tudo ela chamava de peste! Era só: "Peste de panela, peste de vida!". Até a gente ela chamava de peste! Nunca vi!

O velho sorriu, afinal.

– Está bem, meu filho. Vá terminar o exercício. Qual foi a frase que mamãe escreveu?

– O bom filho é a alegria dos pais.

– Vá terminar. E veja se pode ser a alegria de seus pais...

Quando chegaram à sala, d. Irene olhou o marido, séria:

– Falou?

– Falei.

Estava na cadeira de embalo.

– Venha cá, meu filho.

Paulinho aproximou-se. Ela o apertou contra o peito, em silêncio. E Paulinho teve de reagir, outra vez, energicamente, quando lhe viu as lágrimas descendo. Homem não chorava.

30

Mas um grande acontecimento sacudia a cidade. E toda a Rua do Sol participava da mesma estranha agitação. Os pais confabulavam. Os vizinhos confraternizavam. Havia que olhar as crianças, vigiá-las, evitar que ficassem na rua. A morte poderia surgir inesperadamente, arrastando-as. O primeiro automóvel circulava. Era uma coisa imprevista, que andava por si, como se fosse um trem, mas sem locomotiva. Nada lembrava dos bondinhos a burro que rolavam barulhentos pelas ruas.

– Parece criação do demônio – dizia Nhá Calu. – É uma caleça que anda sem cavalos. Anda sem bicho puxar, cruz, credo!

As velhas da vizinhança, d. Militina, d. Clarice, até d. Esmeraldina, comentavam o fato como sinal dos tempos. O mundo ia acabar. E muita gente ia morrer. Quem é que podia parar um carro sem cavalos, sem chicotes e rédeas que o dominassem?

– É o fim do mundo...

Teixeira sorria. Contava que em toda parte já havia daqueles carros, que o automóvel era um instrumento de progresso e não tardava o dia em que haveria carros voando pelo espaço. Havia um brasileiro, Santos Dumont, que em Paris já fizera experiências vitoriosas.

– O tempo do bonde a burro já passou. Só no Maranhão se vê isso. Nos outros lugares já há bonde elétrico...

Mas ele próprio participava da apreensão geral quanto aos perigos. Cumpria impedir que as crianças ficassem na rua, expostas aos riscos. As ruas eram estreitas. As calçadas tinham palmos apenas. Bastava uma inadvertência, o carro apanhava uma criança, morte na certa!

– E depois o barulho! – dizia Nhá Calu. – É de endoidecer a gente!

De fato, o espantoso veículo de rodas altas de bicicleta, o assento lá em cima, um homem com guarda-pó e óculos protetores, produzia explosões que à distância apertavam as almas. Ninguém compreendia como o dono, lá dentro, pudesse aguentar tamanho barulho, sem perder o fôlego, a tão feroz velocidade...

De longe se anunciava a notícia. O aparelho era precedido de estouros apavorantes que alvoroçavam corações. Deixavam-se os cadernos, os ferros de engomar, as panelas, as costuras, os bilros, os trabalhos da casa. Corria toda gente à janela, as mães alarmadas, as criadas recolhendo crianças.

Constava que o próprio vento produzido pelos 20 quilômetros à hora do carrinho pernalta arrastava os passantes desprevenidos das calçadas.

– O vento puxa! – explicava d. Militina. – Criança, então, nem se fala!

E quando ele aparecia pela Rua do Sol, vindo dos lados do campo do Ourique, ou das bandas do Galpão, a rua fervia. Ainda estava na Avenida Silva Maia e já pelo barulho a gente sabia. As explosões pareciam tiros de canhão em dia de festa nacional.

– Lá vem ele! Recolham as crianças!

De todas as casas saíam garotos, correndo assustados, em meio à grita geral. Cada um procurava recolher-se à sua, que na casa própria a impressão de segurança era maior.

– Corram! Fujam!
– Meu Deus! Não fique aí!

Formigas tontas, baratas em pânico, os meninos se atarantavam no meio da rua estreita, sem saber para onde encaminhar-se. Velhas berravam das janelas. Mãos iam, de angústia, ao coração e ao pescoço, abafavam na boca palavras de espanto.

– Meu filho!
– Minha filha!

Uma tarde, Paulinho e Tito brincavam em casa de d. Militina. Paulinho havia escalado o oitizeiro, explicava que era moleque macho, ninguém mais subia. De repente, o alarma chegou. D. Militina gritou. Correram. Os estouros lá vinham. Chegados à porta, para atravessar a rua, d. Irene, desesperada, gritou da janela:

– Não! Não atravessem! Não há mais tempo! Fiquem aí mesmo!

D. Militina agarrou-os. As janelas estavam cheias. Uma ou outra criança ainda corria, por entre alarmas e clamores. O carro se aproximava, explodindo com fúria.

– Cuidado com o vento do carro! Não se debrucem na janela!

Coração parado. O carro explodia e chegava. Súbito, o pavor se apoderou de Tito. Sentiu-se desprotegido, inseguro, em casa de d. Militina. E no seu desamparo de alma, libertou-se da velha e cruzou a rua, o carro a poucos metros, crescendo aos estouros e saltos. Houve um instante de horror. Mas ele já estava dentro de casa, muito pálido, tropeçando na escada, se estendendo no chão. Para todos, nascera outra vez.

Nessa tarde, Paulinho quase matou Nhá Calu de tristeza. O tempo do trenzinho do Anil havia passado. Agora ele era automóvel. E ainda mais barulhento!

31

Cajapió. O agravamento do estado de saúde de d. Irene levara o marido a obter licença de seis meses em busca de melhor clima, de repouso maior. O médico indicara Cajapió, vários amigos, seu Pacheco à frente, haviam reforçado a sugestão.

A viagem fora uma festa, primeira aventura pelo mar misterioso, os passageiros falando em tubarões e naufrágios, o pequeno vapor parecendo sem fim. Contavam-se histórias. Paulinho, se caísse n'água, passaria o canivete no tubarão, queria ver se ele voltava, taí! O vapor deixou-os num ponto qualquer do litoral, de onde continuaram num barco menor, empurrado a varejão, que entrou pelo igarapé de margens barrentas, milhares de caranguejos ao longo, fugindo assustados, caminhando de lado, os olhos pulados penetrando em buracos na lama. Do barco, desceram num lugar solitário. O sol ardia. Um carro de boi os aguardava, um toldo de palha, em arco. Era a primeira incursão pelo interior. Até então só conheciam o Anil ou os passeios ao Outeiro da Cruz, onde, segundo Teixeira, se travara uma batalha contra os holandeses, gente cacete que obrigava Paulinho a decorar nomes difícílimos nas aulas de história. Felizmente haviam sido esmagados.

Aquele passeio no carro de boi tinha todos os característicos da aventura. As rodas ou o eixo rechinavam ao sol. Pesado, lento – oa, boi! –, o carro se arrastava aos solavancos pela terra seca, endurecida, gretada, marcada das rodas e do casco dos bois durante as chuvas. Garotos seminus saíam à porta dos casebres de palha, a contemplar os forasteiros.

Afinal Cajapió. A vila era acolhedora e tranquila. Esperava-os uma casa grande, na Chapadinha, dando para o largo. Quatro janelas, toda cor-de-rosa. Nos quartos e salas, chão de tijolo. Um quarto e cozinha de terra socada. No chão os fogões: três grossas pedras cada um. E um quintal enorme com plantação de bananeiras.

Paulinho e Tito entraram na casa como conquistadores. Tudo era novidade. Havia espaço fora, havia espaço no quintal. No largo em frente pastavam bois e cavalos, galinhas ciscavam, um cajueiro carregado oferecia os seus frutos. Moleques de chapéu de palha esfuracado paravam à porta, olhos arregalados, quase todos seminus, apenas a calça, a barriga estufada, os menores sem roupa nenhuma, feridas pelas pernas, o umbigo saltado.

Paulinho saiu à porta, contemplou o bando com sua superioridade de menino da capital. Depois, foi ao pai:

– Papai, você me compra um chapéu de palha?

32

Logo tinha amigos. E amigos dos que mais lhe agradavam. O menino da capital tinha o que contar, formava público, tinha ouvintes deslumbrados. Começou por estranhar que só conhecessem o carro de bois.

— Como vocês são atrasados! Já ouviram falar em bonde?

E descrevia os humildes bondinhos de São Luís como coisa de conto de fadas, estalava o chicote no lombo dos burros, mandava os passageiros entrarem, falava nos grandes passeios. Mas havia mais. E então chegava o grande capítulo: o automóvel. Os garotos mal acreditavam. Muitos punham em dúvida.

— Sem nada puxando?

Ele aí pintava com cores fantásticas o estranho veículo, aparição quase infernal, espocando nas ruas, alarmando a cidade, arrastando os passantes. Logo foi dando asas à imaginação, à medida que os via boquiabertos. O carro passava numa nuvem de pó. Os jornais, os papéis, eram puxados pela voragem do vento. Pouco depois já eram as crianças. Logo a seguir, os homens. Não demorou, realizava autênticas mortandades. O automóvel não era mais um carro, já encarnação mesma do demônio. O motorista, vestido de vermelho, tinha chavelhos e barba, um fabuloso garfo na mão, que agitava no espaço. Quem não era arrastado pelo vento era espetado pelo garfo. Para alguns, os mortos desapareciam, levados diretamente para o inferno pelo dono do carro. Mais de uma vez Paulinho se vira em perigo de morte. Precisava usar de todas as energias para não ser puxado. Não satisfeito, viu que tinha de lutar com o motorista. E lutou. Uma tarde estava brincando na calçada quando pressentiu de longe a aproximação do automóvel. Pelo barulho a gente reconhecia. Parecia trovoada. Todo o mundo fugiu. Ele não. Ficou esperando. Pegou uma pedra e esperou, seguro num lampião, por causa do vento.

Quando o homem de vermelho quis lançar-lhe o garfo, ele – zás! – atirou a pedra. Foi direitinho no olho.

– E tem muitos assim? – perguntou um negrinho.

– Se tem? E tu ainda pergunta? Automóvel agora é praga em São Luís. Todo mundo está saindo de lá. Foi por isso que nós viemos pra Cajapió...

E explicando:

– Mamãe que forçou. Por mim eu ficava...

33

– É verdade que lá as ruas são calçadas?

Olhou o garoto com pena. Então não sabia? Todas as ruas de São Luís eram calçadas de pedras, pedras deste tamanho, pedras muito grandes, pedras de ouro.

– De ouro? – espantou-se um terceiro.

– Então de que é que havia de ser? Tu pensa que eles vão botar pedra à toa, pedra vagabunda no calçamento? Então como é que o governador podia sair na rua?

Uma garota descalça perguntou-lhe se já havia visto o governador. Paulinho sorriu. Todos os dias o governador ia à casa dele conversar com seu pai.

– Ele tem barba?

Se não havia de ter... E grande! Uma barba que nem a de Papai do Céu.

– E é muito alto?

Olhou o cajueiro. Era mais ou menos da altura do cajueiro.

– E como é que ele entrava na tua casa?

A hesitação foi rápida. Ele ficava de fora, o pai à janela. Alguém levantou nova questão. Os ladrões não roubavam as pedras das ruas? Roubavam. Mas o governo mandava pôr outras. O governo era muito rico. Os ladrões acabavam cansando. Ninguém ligava para ouro em São Luís. Havia pessoas que comiam em prato de ouro. Brinquedo era de ouro. Bonde era de ouro. Dente era de ouro.

– Seu Manuel tem dois – disse a menina.

– Mas lá todos têm. Lá qualquer um tem dente de ouro.

– Como é que teu pai não tem, nem tua mãe?

– Porque ele não gosta, ué. Ninguém é obrigado. Tem quem quer... Os do governador são todos de ouro. Eu vi. Cada dente deste tamanho...

Os meninos ficavam de olho cismarento, pensamento longe. Paulinho chegava de um país de sonho.

— E sapato... Diz-que lá todos usam...

Ora! Lá era proibido andar descalço. Quem não tinha sapato, falava com o governador, ele mandava arranjar.

— Sapato de quê?

— De ouro.

Havia um negrinho que sempre levantava dúvidas. Como é que os sapatos de seu Teixeira eram como os de seu Manuel, de couro também?

— Porque é proibido sair com os outros. Então a gente havia de pisar com sapato de ouro em lama, em porcaria de vaca? Nem tinha graça. Era até pecado.

Ele pareceu convencido. Olhou com tristeza a miséria da terra, as casas de palha, as ruas lamacentas, um carro de bois passando, rechinando na tarde.

— Quando eu crescer, eu vou pra São Luís.

Paulinho animou-o. Devia ir mesmo. Ele voltaria logo. Estava ali por pouco tempo, até que passasse a praga. Mas já estava com saudade de sua casa de paredes douradas, de ir brincar no Palácio do Governo, com os filhos do governador.

— Eles são do tamanho da gente?

— Mas vão crescer, vão ficar do tamanho do pai... Todo mundo diz...

De novo se calaram, pensamento no azul. Aí um que ficava sempre à distância, melancólico, de olhos devorando as palavras do menino de fora, perguntou:

— Lá tem morfético?

Ele desconhecia a palavra. Não entendeu. Mas a resposta veio pronta:

— Se tem? Tá "assim"!

34

Pouco depois Paulinho compreenderia a pergunta. E a razão do desapontamento inesperado que vira escurecer o olhar de todos. Logo abaixo, na rua que descia em ladeira buraquenta, à esquerda da casa rosada, morava o garoto, num casebre isolado. Paulinho saíra ao acaso. Passava um negro velho, oferecendo uma cambada de traíras. Foi descendo. Casas de palha, chão de terra tortuosa, irregular, mas varrido, banquetas de madeira, imagens litografadas pelas paredes humildes. Velhas cachimbavam à porta. Dentro de uma palhoça havia uma indústria de paneiros e cofos, parte da produção exposta em frente, à espera de compradores. Foi quando viu o novo amigo. Parou, para lhe falar. Ele recusou, temeroso.

– Quem tá aí? – indagou do interior uma voz fanhosa.
– O filho do home de São Luís.
– Manda ele embora – disse a voz.

Paulinho estranhou. Em toda parte era bem recebido. Todos o acolhiam com ternura, quase com respeito.

– Depois eu falo com tu – disse o menino.
– Por que não fala agora? – perguntou. – Teu pai não quer? Ele me conhece?
– Ele é doente...

Não precisou insistir. Passos pesados vieram do interior da cabana. E uma aparição espantosa o estarreceu. Os lábios grossos, as orelhas enormes, largadas, procurando os ombros, o rosto sem forma, que lhe recordava a cabeça de leão de um de seus livros de leitura, o homem lhe apontou a mão sem dedos:

– Vai embora, menino!

Assim o entendera ele, na intuição do pavor. Mas na realidade a estranha figura mal articulara as palavras. Fugiu. Morfético devia ser aquilo.

— Mamãe! Eu vi um homem esquisito lá embaixo. Parecia um dragão.

— Já sei. Já ouvi falar. Evitem passar lá por perto. Ele está doente, a doença pega...

— Será que eu já não peguei? – perguntou apavorado, olhando as mãos.

— Não. Não é assim. Basta não passarem por lá. E não brinquem com o filho dele, coitadinho. Dizem que tem um filho...

— Tem sim. Mas não está doente.

— Em todo caso, evitem. É melhor.

Não seria preciso recomendar. O garoto se isolava por si mesmo, ou já estava naturalmente isolado pela fatalidade que lhe caíra sobre a casa de palha. Teria oito anos. Claro, os traços delicados, os bracinhos leves, um olhar de doçura, de inveja e de medo nos meninos sadios.

— Sai, lazarento!

Ele já estava à distância. Olhava apenas. Assistia à vida dos outros.

— Sai daí, filho de lazarento!

Ele se afastava humildemente como cão enxotado, ficava mais distante ainda, contemplando em silêncio. Sentava-se às vezes no chão, ficava juntando terra com as mãos, que depois deixava escorrer, fininha, por entre os dedos, formando montículos que depois afilava em cone, com pequenos cuidados.

— Tá sujando a terra, desgraçado?

Ele se erguia, trêmulo, corria, parava um pouco mais longe. Os outros brincavam. Mas não se ia embora. Às vezes, muito raramente, faltava alguém para completar o brinquedo, e ele era afinal convidado.

— Vem brincá, Raimundinho. Mas não encosta na gente!

35

Uma invencível simpatia o atraía para o menino tristonho. Paulinho nunca vira doçura tão desamparada noutros olhos humanos. Os de Raimundinho eram cor de cinza, claros e humildes. Acolhia como fatalidade a que não podia fugir o desprezo de todos. Os insultos não o feriam. Faziam parte de sua vida. Teria sido sempre assim. Como não reagia, os insultos redobravam. Os garotos da Chapadinha eram de um sadismo feroz. Particularmente os maiores. Uma vez, Paulinho contava histórias de São Luís. Raimundinho apareceu.

– Te afasta, cão leproso! O que é que tu qué, filho de lazarento?

E embora ele estivesse à distância, o dedo na boca, nada mais que olhando, todos recuaram em massa, como a fugir do contágio mortal.

Ele queria só ouvir, explicou. Ainda assim os outros protestaram. Ele queria botar quebranto, fazer mal à gente.

– Tu qué é deixá a gente lazarento...

– Mas eu não tenho nada... – e exibiu as mãozinhas.

– Teu pai tem. Tu já tem também. Ainda não apareceu. Daqui a pouco tu tá com a cara igual à dele...

Ele baixou os olhos cinzentos, mordendo os lábios, riscando a terra com o pé.

– Tira a pata daí. Depois a gente não pode pisá...

Raimundinho ficou de olhos perdidos, incerto, sem querer sair. Aí um atirou a primeira pedra.

– Vai-te embora, cão!

Ele ainda hesitava. Mas os outros apedrejavam também. Então Raimundinho fugiu, de olhos desvairados e secos, se escondeu na palhoça. O pai surgiu à porta. O grupo debandou, espavorido. E o velho ficou agitando no ar os braços impotentes, as mãos monstruosas, tocos repelentes no lugar dos dedos.

Paulinho ficara só, embaixo do cajueiro. O velho vociferava maldições ininteligíveis, que pareciam sair pelo nariz, abafadas e más. Recolheu-se depois. Não demorou, Raimundinho apontou timidamente à porta, escrutou a vizinhança. Veio saindo de cabeça baixa. O pavor do contágio – visão de minutos antes o prendera ao chão, sem coragem de fugir com os outros – quase levou Paulinho a correr. Mas teve pena de Raimundinho. Era crueldade demais. O menino vinha chegando. A dois ou três metros parou, distância mínima a que o deixavam chegar. Os olhos claros e enxutos, súplices, procuraram Paulinho.

Ele não o insultaria também? Súbito, se encheu de confiança. Os olhinhos brilharam.

– Tu já viu os meus sabiás?

– Não – disse Paulinho, quase sem entender.

Raimundinho animou-se:

– Eu tenho uma porção de gaiolas! Ninguém em Cajapió tem mais sabiás do que eu!

– Onde?

– Em casa.

Recuou alguns passos, pela força do hábito.

– Tu queria vê, tu gostava?

Paulinho disse que sim. Os olhos de Raimundinho se iluminaram de gratidão:

– Palavra? Tu gostava de vê? Um dia eu te mostro...

E como outros garotos apontassem à esquina, foi-se afastando lentamente. Alguns passos além, ainda se voltou, no primeiro sorriso que Paulinho lhe viu:

– Um dia, tá vendo? Um dia eu te mostro...

36

Apesar de tudo, o carro de boi era uma nota nova que encantava os garotos. Já Paulinho, Tito e Mina, o próprio Arturzinho, de aguilhão em punho, guiavam carros de boi imaginários e gemiam como as rodas do carro por estradas incertas. Tudo era atração na vida tranquila do lugarejo. O leiteiro, que vinha pela manhã e à tarde, garoto como eles, as garrafas pendentes dos lados da sela, em sacolas com acomodação individual para cada uma, parecia um pequeno herói. Paulinho e Tito invejavam-lhe a profissão. Admiravam sobretudo que alguém, de sua idade, já montasse a cavalo e trabalhasse como gente grande.

– Leiteiro!

Eles ficavam olhando. Tito já mudara mesmo de profissão para o futuro. Perguntou um dia a d. Irene:

– Advogado vende leite?

À resposta sorridente ajuntou, seco:

– Então eu não quero mais ser advogado...

Vinha o vendedor de lenha, outro herói. Vinha o rachador, machado no ombro, horas longas no quintal, manejando o instrumento, lascas estalando no espaço, eles fugindo excitados, o velho descalço, os pés imundos, negros de terra, satisfeito pela sensação que provocava. Nhá Quitéria morava ao lado, um casebre sem janela, apenas a porta, as paredes de terra esburacadas, toda a estrutura de fora, nos paus sumariamente amarrados com cipó. Não tinha parentes. Vivia solitária, o longo pito de barro na boca, sentada sobre os calcanhares, uma panela de ferro sobre as três pedras do fogão junto à rede velha, sempre armada. Tinha um meio de vida. Entrava no quintal da casa rosada, retirava tranquilamente um cacho de bananas, pendurava-o à porta. Interrogada uma vez, limitou-se a responder, cuspindo por entre os dois últimos dentes:

– Sempre dexaro...

E com as bananas vendidas comprava caranguejos, quando não saía sozinha, ela mesma, a recolhê-los ou a pescar pelos igarapés e alagadiços. Na realidade, só comprava farinha. E o pirão que preparava, cheiroso, apimentado, parecia aos meninos um manjar divino.

– É servido?

E comia. Talher, os dedos engelhados. Fazia um bolo de pirão, que enrolava lentamente.

– Tá bom, Nhá Quitéria?

– Tô no fim mesmo – dizia ela, pouco disposta a alongar-se em palavras.

37

Logo correu fama de que seu Teixeira curava. Trouxera de São Luís um sortimento de vidros de homeopatia. Conhecia de ponta a ponta o Chernoviz e o *Vade-mécum homeopático*. E a todo momento chegava povo. Era seu Lucas, morador da baixada, muito além da casa de Raimundinho, a mulher com dor de barriga. Era gente com sezões, com feridas bravas, gente mal do fígado, pessoas de baço inchado. Seu Teixeira perguntava os sintomas, folheava os seus livros.

– Tragam um copo que eu preparo o remédio.

Não servia uma cuia? Servia. Os copos eram raros. Alguns tinham tigelas. Os mais abonados traziam canecas de ferro, de esmalte lascado. Seu Teixeira media a água em colheres grandes, pingava cuidadosamente as gotas, lá saía a gente, rua abaixo ou rua acima, carregando a esperança.

– Home bão, seu Teixeira...

Só a velha Quitéria sorria, indiferente. Tanta erva-santa capaz de curar, e aquele povo tomando uma aguinha tão besta...

– Nunca tomei remédio de dotô e tô com mais de 80...

E cuspinhava com desprezo, um cuspo grosso, cor de terra.

O quintal era um viveiro de cobras. Raro o dia em que seu Teixeira não tinha de sair correndo atrás de alguma, pau na mão, pancada certeira na cabeça. As touceiras de bananeiras eram um susto permanente, valhacouto de cobras. Contavam-se histórias. Cobras que subiam nas redes. Cobras que mamavam no peito pojado das mães adormecidas, a cauda na boca do bebê para enganar a criança... cobras chupadoras de ovos, cobras de guizo que se anunciavam de longe, muitas das quais seu Teixeira já matara.

– Vamos voltar para São Luís – dizia d. Irene, amargurada, cada vez que via nova cobra de cabeça amassada no quintal.

– Pra quê, mamãe? Aqui é tão bom!

– Mas essas cobras...
– Ah! Papai mata...

Nunca seu Teixeira avultara tanto aos olhos dos filhos.

38

Aliás, era ele o herói. Fora sempre. Era a força, a coragem, a serenidade.

– Papai é grande, bonito e bom – cantava Mina.

Cantando ou não, os outros participavam do mesmo entusiasmo.

– Papai sabe...

– Papai faz...

– Papai pode...

"Papai" era o refúgio, a esperança, o apoio, a sabedoria. "Papai" era a grande palavra.

As vizinhas ou as negras da casa contavam histórias de assombrações. Correntes se arrastando, madrugada afora, nos casarões abandonados. Almas penadas gargalhando nas noites sem fim, aparecendo nas encruzilhadas. Vultos brancos se erguendo, se mexendo na treva, Paulinho, Tito, Mina iam se encolhendo de horror, iam perder o sono. Era quando algum deles se lembrava e a lembrança espantava os pavores:

– Assombração não tem... Papai disse que não tem...

Debalde os outros insistiam. Fulano vira. Sicrano era testemunha. Os meninos sorriam. Os outros podiam acreditar, eles não. Seu Teixeira não acreditava. Era o bastante.

Outros contavam histórias de criminosos terríveis. Paulinho e Tito só tinham um desejo:

– Eu queria que um desses bandidos encontrasse papai... É porque eles só encontram o pai de vocês. O nosso, não, não tem medo...

E levado pela própria imaginação, e mais do que ninguém acreditando, Paulinho contava as aventuras paternas. O bandido vinha chegando, matando todo mundo, todo mundo fugindo. De repente, seu Teixeira aparecia e o bandido caía de joelhos pedindo perdão.

– Teu pai matô ele?

– Meu pai não mata. Só prende...

A cadeia de São Luís estava cheia de bandidos presos por seu Teixeira. Por isso era amigo dele o governador. Todo bandido que aparecia em São Luís seu Teixeira corria atrás e prendia.

– Deixa aparecê algum por aqui que tu vê. Papai agarra ele...

– Teu pai é puliça?

Paulinho fazia um gesto desdenhoso. Era só amigo. Quando a polícia estava com medo vinha para ele ajudar. Ficava com pena e ajudava. Mas só corria atrás de bandido importante. Ladrão de galinha, não...

– Teu pai é dotô?

Não. Era muito mais do que doutor. Ele sabia tudo. Quando o governador não sabia uma coisa, vinha perguntar. Personagem nascido em Cajapió. Antes nunca Paulinho pensara nele. Mas agora se tornara legenda, ponto de referência, figura mitológica, como os heróis de certas histórias. Maior, somente seu Teixeira, amigo dele e protetor. Alto como o cajueiro, poderoso, amigo dos pobres, barba igual à de Papai do Céu, casa de ouro, dentes de ouro, sapatos de ouro, bengala de ouro, tudo de ouro, vindo falar sempre com seu Teixeira, perguntando as coisas quando não sabia, pedindo auxílio quando precisava.

Dito, Pedrinho, Ceição – Raimundinho à distância – ficavam de olho duro ouvindo as histórias. Custavam a acreditar que seu Teixeira, mais baixo do que seu Manuel, sem dente de ouro, de fala tão mansa, de bigode curto, de topete na testa, só com um anel no dedo, pudesse tanto, soubesse tanto, fosse tão amigo do governador.

– Olha. Papai sabe grego, papai sabe curar gente, papai sabe matar cobra...

– Isso o meu também sabe...

– Mas sabe matar bandido?

– Tu disse que ele não mata...

– Não mata, mas sabe...

O pai surgia à porta.
– Lição, Paulinho...
Era o único defeito de seu Teixeira.

39

    Ceição e Pedrinho vieram assustados trazer a notícia. Um jacaré havia mordido o tio de d. Sinh'Ana quando estava pescando. Não tinha sido muito grave, mas o alarma fazia bater corações. Sempre havia sustos assim. Os mais velhos não se preocupavam muito. Mas na imaginação infantil o perigo crescia. Havia época em que os jacarés pareciam famintos. Felizmente andavam longe da vila. O Boca de Goiaba trazia ainda na velhice a marca na perna de um bote pavoroso de jacaré quando mocinho.

    Os meninos da capital impressionavam-se facilmente com façanhas de jacaré. E a vingança dos garotos de Cajapió era pintar o perigo com as cores mais vivas. E como eram da terra, muitos deles, pessoalmente, já haviam tido os seus encontros com o inimigo dos alagadiços. Mas Paulinho foi-se adaptando. De jacaré falavam. Jacaré nunca vira, a não ser no pequeno jardim zoológico do palácio. Já se habituara à ideia. De modo que, quando Pedrinho contou do susto que passara o tio de Sinh'Ana, teve um gesto vago:

– Eu não tenho medo de jacaré...

E explicando:

– Já vi muito. Até briguei com um.

– Tu?

– Eu... Um dia eu saí com papai, fui no Outeiro da Cruz. Tu já ouviu falar do Outeiro da Cruz? É um lugar que tem lá, com um morrinho e uma cruz em cima. Lá houve há muito tempo uma batalha com os holandeses.

– O que é holandês?

– É uma gente. Uma vez eles vieram e quiseram tomá conta do Maranhão...

Paulinho já ia dizer que tomara parte na batalha, mas se conteve.

— Tinha mais de 20 mil holandeses. Os maranhenses era um poquinho só. Seu Pacheco disse que cada maranhense vale por cem...

— Quem é seu Pacheco?

— É um amigo do governador...

E voltando à história:

— Então os maranhenses avançaram e pegaram os holandeses e jogaram todos no mar. Depois ficaram assistindo os tubarões comendo os holandeses...

— E o jacaré que tu viu?

— Ah! sim. Eu tava lá com papai. De repente o jacaré veio chegando...

— Era de ouro? – perguntou Pedrinho, sorrindo. Paulinho pegou, longe, o remoque:

— Tu já viu jacaré de ouro, seu burro? Tu já viu? Eu não! Era jacaré que nem os daqui... Jacaré vagabundo... Mas só a boca era deste tamanho. Papai tava distraído, olhando o Outeiro, me contando a história. O jacaré vinha chegando devagarinho, ia pegá a perna dele, a perna dele ia ficá que nem a do Boca de Goiaba... Eu nem disse nada. Saí correndo, peguei uma pedra deste tamanho e esperei. Quando ele foi dá o bote, eu joguei a pedra com toda a força, a pedra entrou pela garganta, encheu a boca do bruto, ele ficou engasgado, fazendo uau! uau! uau! Aí foi que papai viu. Então ele puxou o revólver, deu três tiros, o jacaré estrebuchou, ficou morto. O couro dele ainda está lá em casa, em São Luís...

Ao voltar para casa, Tito observou:

— Como é que tu tem coragem de mentir desse jeito?

— Então eu menti? – perguntou Paulinho no maior dos espantos.

40

– Dá licença, doutor?

O homem vinha colocar à disposição dos moradores da casa rosada os ricos artigos de seu estabelecimento. Teria muito gosto em servir. Quando precisassem de qualquer coisa, mesmo que não a tivesse no momento, bastava fazer o pedido. Importava de São Luís, tinha negócios com Viana, muitos produtos vinham para a sua casa diretamente do sul.

Depois, olhou os meninos, achou-os crescidos, fortes, com ar de criança inteligente. Ele gostava de criança educada. Em Cajapió era uma coisa terrível. Verdadeiros selvagens. Verdadeiros bichos. Tinha vários filhos e um quintal muito grande. Quando quisessem, era só aparecer. Não incomodavam de maneira nenhuma. Só prazer... E ele gostava mesmo que seus filhos tivessem companhia. Não que desprezasse Cajapió, isso não. Havia famílias muito respeitáveis. Nascera em Caxias, mas considerava Cajapió sua segunda terra. Era como se tivesse nascido ali. Nem podia desprezar uma terra onde haviam nascido seus filhos. Mas infelizmente não havia muita instrução, o governo ainda não se lembrara de Cajapió. Culpa toda do governo. Nós não temos governo... A preocupação das autoridades era arrecadar. Imposto o governo sabia cobrar, ah! se sabia. Mas benefício, nenhum. Escola, hospital, ninguém se lembrava de construir. Uma pura miséria. Ele sempre dizia que o que faltava aos nossos homens públicos era patriotismo. No dia em que um verdadeiro patriota galgasse o governo, estaríamos salvos. Porque nada nos faltava. O solo era rico. Nenhuma nação da terra possuía minas iguais às nossas, maiores recursos naturais. Olhassem o babaçu. Ainda seria a salvação do Estado. O algodão. A carnaúba. Não tinha dúvida de que o Maranhão possuía ouro e do melhor. Não se espantaria se um dia descobrissem diamantes. Mas o governo cruzava os braços, cuidava somente de arrecadar e vivia em déficit permanente, quando podia nadar em riqueza. E, além de tudo, ladrões. Dizia aquilo em caráter particular, naturalmente. Comerciante estabelecido, preferia não se meter em política, nem queria complicações. Mas, como brasileiro, tinha direito de falar, "o senhor não acha?"

Seu Teixeira achava. A crítica era livre.

Justamente o que sempre dizia! A crítica era livre. Principalmente quando construtiva. Ele não falava pelo gosto de falar, de maneira nenhuma. E somente se abria com os íntimos. Fora disso, bico, meu caro. A melhor coisa que a gente tem a fazer nesta terra é calar a boca, para evitar más interpretações, explorações mesquinhas, "o senhor não acha?"

Seu Teixeira achou novamente e prometeu passar pelo armazém. Teria muito gosto...

– Mande as crianças brincarem... Vão gostar, garanto. Companheiros não faltam... Nem frutas...

E fazendo espírito:

– As frutas são de graça...

Riu satisfeito. Aí Paulinho julgou reconhecê-lo.

– Era seu Manuel, papai?

De fato, possuía dois dentes de ouro.

– Mas lá no fundo... – comentou Paulinho, consigo mesmo, em voz alta, pensando nos muitos do governador.

41

A casa de seu Manuel ficava do outro lado da vila, quase à entrada. Grande, na frente armazém de várias portas, o quintal enorme com jaqueiras copadas, mangueiras, cajueiros, fruta-pão, oiti.

Vendo que seu Teixeira não se resolvia a aparecer para as compras, um dia seu Manuel mandou o filho mais velho buscar as crianças. Desde então o caminho ficou aberto. Seu Manuel apanhou os fornecimentos, os meninos tinham amplo quintal onde brincar. Novos horizontes se abriam. Seu Manuel morava na rua principal, sulcada de carros de boi. Gente a cavalo passava. Gente em boi-cavalo. À porta das vendas havia sempre um cavalo parado, um boi de sela esperando pacientemente o dono em compras ou tomando pinga.

Mas os meninos de seu Manuel já conheciam São Luís e aquela história de ruas de ouro, de casas de ouro, de governador da altura do cajueiro não pegava ali. Paulinho só voltava porque o amor lhe acenava outra vez. Foi o nome, a princípio. Era Alice também. Depois foi o resto. Pena ser mais alta. Azar seu, gostar de gente grande, que não vinha brincar no quintal, que lhe falava como se ele fosse criança. Mas Paulinho não podia resistir àquela doçura de olhos negros, rolando por ele adentro, àquele riso de lábios carnudos, ao moreno daquela pele que parecia de seda.

– Você não vai brincar com os outros, Paulinho?

– Não, eu gosto mais de olhar. Prefiro assim.

– Tá se vendo que é menino ajuizado – comentava seu Manuel. – Garanto que ele gosta de livros, como o pai...

Paulinho achou boa a sugestão, apanhou um *Almanaque de Bristol*, que viu pendurado na parede por um barbante, e ficou lendo a história em oito quadros do homem que pretendia casar com a herdeira rica e, para se impor ao seu coração, a convidara para um passeio de barco. Seu plano era virar o barco e salvá-la (o lago era raso), como se via no sétimo quadro. Mas em vez de casamento, no oitavo o infeliz recebia apenas, do pai em fúria, a conta do vestido estragado. Leu depois as anedotas, os conselhos práticos aos agricultores, os horóscopos.

– Livrinho muito importante – afirmou seu Manuel. – Quando a gente quer saber o santo do dia ou as fases da lua, é só olhar... Seu pai tem esse?

– Não. Os de papai são todos em grego...

42

Teixeira tinha deixado o livro de borco em cima da mesa, fora preparar uma homeopatia qualquer para d. Irene, cuja tosse voltara outra vez. Paulinho, tangido pela curiosidade, apanhou o volume, correu-lhe os olhos, estranhou o impossível das palavras misteriosas. Tinha ainda o volume na mão quando o pai apareceu.

– Mexendo nos livros? Desmarcando a página, meu filho?
– Não. Está do mesmo jeito.
E interessado:
– Isso não é grego, não, papai?
Ele conhecia os volumes gregos pelo complicado das letras.
– Não. É inglês.
– O que é inglês?
– A língua que se fala na Inglaterra. Você não sabia?
– Ah! sim, aquela da geografia, capital Londres?
– Isso mesmo.
– Inglês é difícil?
– Nada é difícil. Toda língua é fácil, questão de estudar.
– Você me ensina um pouco?
– Quando chegar o tempo, ensino, está claro.
– Mas você não podia ensinar agora umas palavras?
Teixeira sorriu. Podia ensinar. Que palavra queria?
– Livro.

O pai ensinou. Paulinho repetiu com segurança. E pai? E mãe? E filho? E leite? E pão? E manteiga? O ouvido infantil o ajudava. Repetia as palavras com pronúncia perfeita.

– Então livro é *father*?
– Não. *Father* é pai.

Teixeira recapitulou. Paulinho repetiu as palavras, uma por uma, com pequenas hesitações. Saiu para a rua, foi buscar Pedrinho, com ar misterioso.

— Vamos caçar passarinho? — perguntou o amigo, baladeira na mão.

— Não. Eu estou com fome, estou com vontade de tomar um pouco de *milk* com *bread*.

Pedrinho olhou-o, surpreso.

— *Milk* com *bread*. Espera um pouquinho. Vou pedir pra minha *mother*. Tu não gosta de *milk* com *bread* e um pouquinho de *father*, não, de *butter*?

— Tu ficô doido? — perguntou Pedrinho.

— Tu é burro, mesmo. Não viu que eu tô falando inglês? Papai começou hoje a me ensinar. Em São Luís só ele e o governador falam inglês...

Pedrinho virou-lhe as costas, assestou a baladeira, visou um bem-te-vi, foi-se afastando. Então Raimundinho, que estivera escondido, se aproximou:

— Paulinho?

Paulinho voltou-se.

— Tu podia me ensiná essa língua?

— Pra quê?

— Ué... pra sabê... Tu pode sê meu professor...

Paulinho acedeu. Nunca imaginara que já podia ensinar. E rapidamente estendeu-lhe os conhecimentos recentes. De encantado, Raimundinho se aproximara e nenhum dos dois dera por isso. Repetia com avidez as palavras.

— Como é leiteiro?

Paulinho hesitou. Não muito. "Milqueiro". Mas pelas dúvidas, correu ao pai, voltou com a informação.

— E passarinho?

— Isso eu ainda não sei.

Voou ao pai, trouxe a nova palavra. Raimundinho exultava. Um mundo novo se abria aos seus olhos. Bebia as palavras do amigo. Pai... *father*... Mãe... *mother*... Leite... *milk*.

Nisso, Dito, Pedrinho e Ceição apareceram. Pedrinho trazia um bico-de-lacre de cabeça estourada. Chegaram-se com cautela, olhando hostis o filho do morfético. Mas Raimundinho estava feliz. Olhou o passarinho morto e comentou para o amigo:

– Gente ruim. Matando o coitadinho do *bird*...

Um infinito orgulho o tomara. Sentia-se agora superior àquela gente que o desprezava.

– Tu viu que ruindade, Paulinho? Mataram o pobre do *bird*.

Paulinho sorriu, também. Ele e Raimundinho, só eles, podiam conversar agora.

– Tu já comeu *bread* hoje, Raimundinho?

– Já, mas não tinha *butter*... Nem *milk*... O teu tinha?

– Sim. Minha *mother* me deu...

Os outros olhavam. Paulinho estava generoso.

– Eu vou pedir pra meu *father* um pouco de *butter* pra ti, tá bem?

– Não, não precisa se incomodar, *thank you*.

Ceição olhou para Pedrinho.

– Eu logo vi que isso era língua de lazarento – cuspiu Pedrinho com desprezo.

43

Então os amigos impuseram uma condição. Se queria brincar com eles, se não pretendia ficar isolado, tinha de jurar que nunca mais se aproximaria do filho do lázaro. Tinha de jurar. E não era somente aproximar-se. Não podia falar também. Eles não queriam ficar leprosos. Ninguém queria apanhar aquela maldição, a doença mais terrível do mundo, um mal sem cura, que ia apodrecendo as pessoas. Paulinho não vira ainda o velho Simão? Não vira as orelhas, não vira o rosto, não vira os olhos comidos, as mãos sem dedos, a boca sem dentes? Pensava que eles queriam ficar assim? Se queria ficar leproso, ficasse. Mas não viesse brincar com eles. Fosse brincar com Raimundinho, mas ficasse por lá, para cair aos pedaços também. Dito achava que leproso a gente devia matar. Matar leproso não devia ser pecado. Até d. Sinh'Ana já tinha dito aquilo. Leproso só servia para desgraçar o mundo, castigo de Deus. Leproso não tinha alma, era preciso acabar. E filho de leproso também. A doença pegava, só de a gente olhar. A lepra saía do bafo, quando o monstro falava. O pai de Pedrinho achava necessário expulsar Simão, queimar-lhe a casa, mandá-lo para Viana, que era terra deles.

– Vai vê o velho – disse Pedrinho. – Vai vê se tu gosta, se tu qué ficá daquele jeito. Tu qué?

– Eu não!

– Então tu tem que jurá que não fala mais com Raimundinho.

Paulinho jurou. Aliás, a própria mãe já o proibira de se aproximar do desgraçado. Se proibira, é porque sabia. Perigoso, mesmo. E só recordar a tarde em que vira o velho à porta, por entre maldições rouquenhas, agitando no ar as mãos monstruosas, já bastava.

Raimundinho se afastara e ouvia de longe, a cabeça pendida.

– Olha aquele desgraçado ali! – disse Pedrinho. – E ainda é tão sem-vergonha que não vai embora, fica perto da gente. Parece que tá querendo passar a maldição... Sai daí! Puxa!

E atirou-lhe uma pedra. Raimundinho se afastou sem pressa, os olhos no chão. Andou vários dias sem ser visto. Se estava no largo e via alguém chegar, se afastava prudentemente, sem esperar que o tangessem. Paulinho fingia não o ver. Por medo dele, por medo dos amigos. Não queria ficar isolado, cuspido pelo desprezo geral, corrido como um cão danado. Raimundinho parecia compreendê-lo. Não o encarava também.

Uma tarde, porém, Paulinho teve que descer a rua. Ia levar, por ordem do pai, uma tigela com algumas doses de beladona à casa de seu Lucas. Raimundinho estava sentado à porta do casebre paterno, fazendo terra escorrer por entre os dedos. Paulinho apressou o passo, percebendo que ele murmurava qualquer coisa, à medida que a terra fininha caía no chão. Voltou pouco tempo depois. O menino continuava no mesmo lugar, no mesmo jogo, os olhos baixos. De longe percebeu que ele ainda falava sozinho. Curiosidade o assaltou. Veio caminhando, sem olhar, apurando o ouvido. Cabeça baixa, Raimundinho escandia as palavras, parecendo absorto em ver a terra cair por entre os dedos:

– *Father... Milk... Bread... Mother... Butter...*

Na sua pronúncia de moleque de Cajapió, naturalmente.

44

– Só tem um remédio bão – disse Nhá Quitéria.

– Pra espantá muriçoca percisa queimá bosta de vaca...

Houve um frouxo de riso, no bando infantil. Ninguém esperava o uso da palavra proibida em palestra com d. Irene. Mas d. Irene continuava muito séria e procurava informar-se.

– Mas adianta alguma coisa?

– É o único jeito. A senhora manda apanhá bosta bem seca (novo riso mal contido), pega a bosta seca, toca fogo nela. A fumaça espanta a praga... Eu faço isso toda noite. Até é bão. O chero não desagrada... E não serve só pra isso. Quando passa defunto eu queimo também, afasta espírito mau...

Paulinho e Tito se entreolharam triunfantes. A princípio julgaram que d. Irene iria censurar a velha. Mas a simplicidade da vizinha e a naturalidade de d. Irene oficializavam a palavra, que antes ninguém se atrevia, em casa, a empregar diante dos pais. Nem longe, se havia perto gente mais velha. Em São Luís, Nhá Calu irrompia logo em censuras ameaçando-os com levar a denúncia. Ainda assim não acreditaram.

– Tu viu o que ela disse? – perguntou Paulinho, saindo.

– Vi. E mamãe nem zangou.

Pouco depois voltavam. A cozinheira da terra confirmava o conselho da velha. Era um santo remédio. Mais tarde valia a pena mandar os garotos ao pasto.

– A senhora vai vê. Bosta de vaca espanta mesmo.

De novo os garotos arregalaram os olhos. Novamente d. Irene não reagia, achava natural, tomava a sério.

Seu pequeno mundo de ideias parecia subvertido. Aquilo em Cajapió não seria palavra feia? E as outras não seriam também? Deram uma volta pelo quintal.

— Hoje papai não matou cobra ainda, não, Paulinho?

Regressaram à cozinha. Tito resolveu fazer a experiência.

— D. Joana: o que é bom pra espantá praga?

A cozinheira respondeu, distraída, arrumando as pedras do fogão:

— Aqui nós usemo bosta de vaca...

Eles se olharam de novo. De gente da mesma idade ouviam tudo. De gente grande não. Tito, malicioso, repetiu a palavra, como se não houvesse entendido.

— Sim. Sempre dá resultado – confirmou a mulher.

E a cozinheira não estranhara a palavra em seus lábios. Tito olhou muito sério para o irmão mais velho:

— Mas será que bosta de vaca é bom?

— Eu acho que sim – disse Paulinho, muito grave, espiando a cozinheira de banda, com vontade de usar a palavra, mas com medo.

E afinal se atrevendo:

— Mas parece que tem de ser... bosta seca, não?

— Ah! sim – confirmou Tito. – Bosta seca, não é, d. Joana?

— Mole é que não pode ser – respondeu ela, pondo mais lenha no fogo.

Aí veio a tentação de uma nova experiência. Seria a mais audaciosa. Iriam a d. Irene. Paulinho se adiantou, mas subitamente o respeito lhe tolheu a palavra. E já no meio da frase se conteve:

— Mamãe... quer que a gente vá buscar...

— O que, meu filho?

— A... a... o... aquele negócio pra espantar praga?

— Pode. Vá buscar. Mas não vão muito longe. Aí no largo tem...

Saíram. Fora, porém, eles se deixaram tomar pela festa delirante de quem conquista uma nova liberdade. E rindo e gritando, dispararam campo afora:

— Vamos buscar bosta! Vamos buscar bosta!

45

A surpresa o deixara desgarrado. Entrou na varanda de seu Manuel e ficou olhando as folhinhas de várias casas comerciais de São Luís, um São José de Ribamar em litografia, um Coração de Jesus, uma Nossa Senhora de Nazaré, um casal de velhos a *crayon* – trabalho "de muita valia", segundo afirmara o dono da casa, dias antes, quando lhe vira a curiosidade voltada para as coisas da sala. Foi à mesa de jantar e arrumou a toalha de renda, centrando melhor o vaso de flores. Coração continuava – tuc! tuc! tuc! – lhe afogando o peito, querendo subir. Aproximou-se novamente do *Almanaque de Bristol*, sem o retirar do prego, folheou-o ao acaso, tornou a olhar a história em oito quadros, revendo os personagens de cabeça enorme, quase do tamanho do resto do corpo.

– História mais boba!

Bertinho seria capaz de desenhos melhores. "Os nascidos em maio serão felizes e terão amores fáceis, serão amados pelas mulheres..." Ele era de maio. Almanaque mentia muito. Já ouvira aquela frase de Nhá Calu. Mas Domingos seria de maio? Talvez fosse. Com certeza era de maio. Do contrário, com aquela cara de cotia assustada, não seria feliz, não poderia ser. Em Domingos tudo lembrava cotia. Não somente cara, mas o jeito de andar. Sorriu, ligeiramente vingado. Havia coisas que lhe escapavam, que não podia, de maneira alguma, compreender. Arrumou outra vez a toalhinha da mesa. D. Iria passou, com um jerimum para o almoço.

– Está só, Paulinho?

– Estou...

Ouviu passos. Devia ser Alice. O coração pulou-lhe à garganta novamente. Era Alice. Olhou-a, inquiridor. Serena, os lábios carnudos, o moreno macio, o jeito bom, como se nada houvesse acontecido. Paulinho baixou os olhos. Depois encarou-a, sério, procurando ver se alguma coisa, nela, a denunciava. Mas Alice era a doçura de sempre, a naturalidade.

– Você veio brincar, Paulinho? Os meninos saíram...

– Eu sei...

– Leia o *Almanaque*...

– Já li.

Alegre ela estava, Paulinho notou. E os olhos, como nunca, lindos. Odiou-a. Mulher sem-vergonha. Fazendo aquilo, escondida dos pais... E logo com o empregado... Havia de contar a seu Manuel. Ah! sim, havia de contar. Não, não contava, porque era feio "dar parte". Mas tomara que seu Manuel descobrisse! Casa mais sem livros!

– Esse é o único livro que tem aqui? – perguntou a Alice, já numa cadeira de palhinha, o crochê na mão. E apontou o *Almanaque*.

– De ler, só. Mas tem também um livro de homeopatia... E um livrinho de missa...

Calaram-se. Paulinho tornou a achar a toalha de rendas mal arrumada. Ajeitou-a de novo. De repente, voltou-se:

– Pensa que eu não sei?

Alice encarou-o, curiosa.

– Sabe o quê?

E ele:

– Você sabe... você bem que sabe...

Alice riu.

– Ora essa! Que mistérios! Sabe o quê?

O garoto silenciou, num sorriso que mal aflorou os lábios, pejado de ironia e despeito, que os olhos maldosos traduziam. Imaginou-a perturbada, vendo-a calar-se também. E senhor do segredo, insistiu:

– Eu sei... eu sei... pensa que eu não vi?

– Mas viu o quê?

Ele então se fez generoso. Podia ficar descansada. Não contaria a ninguém, não era desses... Mas ele sabia...

– Mas o quê? – tornou Alice.

– Bem, a gente tem olho é pra ver, não é? Eu não sou cego. Se eu fosse cego estava pedindo esmola...

Aí Alice compreendeu:

– Ah! já sei! Você entrou pela portinha do quintal, não foi?

– Foi sim! E vi Domingos pegando na sua mão! Pensa que eu não sei? Ele é seu namorado...

A moça explodiu num riso franco. D. Iria passava.

– Você viu, mamãe, o que Paulinho descobriu?

Paulinho fugiu. Humilhado, atravessou o armazém, ganhou a rua. Quis puxar o rabo de um boi-cavalo, parado à porta, na esperança de levar um coice e morrer. Foi caminhando rente às paredes, envergonhado, como numa antiga tarde em que rasgara a calça. Ao chegar à Chapadinha, não entrou em casa, onde Tito e Mina brincavam na sala da frente, pulando ruidosos. Entrou no casebre de Nhá Quitéria. Numa lata de querosene, sobre as pedras negras do fogão, a água fervia e caranguejos arroxeados, cabeludos, viravam comida.

Caranguejo não é peixe,
Caranguejo peixe é...

– O quê, menino? – perguntou Nhá Quitéria.
– Nada – disse Paulinho. E continuou, cantarolando triste.

Caranguejo só é peixe
Na entrada da maré...

46

Pedrinho fora chamado pela mãe a recados. Tito ia dar a lição. Mina e Ceição haviam entrado, a tratar, com cuidados maternais, de uma boneca sem cabeça.

Para não ir a pé, Paulinho montou numa taboca e desceu a rua, chicoteando o cavalo.

– Paulinho!

Deteve o animal, numa parada brusca.

– Oa, cavalo!

Olhou instintivamente para trás, a ver se os amigos haviam desaparecido, pois reconhecera a voz de Raimundinho, que surgiu, vindo de trás de uma pequena moita. Os dois garotos não se olhavam. Sem erguer os olhos, perguntou:

– Hein?

– Escute, Paulinho, como é "sabiá", em inglês?

– Só perguntando pra papai.

– Então pergunte – suplicou o outro.

Paulinho virou o cavalo.

– Só isso que tu quer saber?

– E "flor"...

– Flor eu sei. É *flower*...

Raimundinho repetiu a palavra e enumerou rapidamente todo o seu pequeno vocabulário, agora enriquecido.

– Não quer outra?

– Não. Por hoje é só. Tu não ensinou essa língua pra ninguém mais?

– Não.

Os olhos de Raimundinho se iluminaram.

– Só eu que sei?

– Só.

— Então pergunte também como é bom dia...

— É *good morning*.

— Tá bem. Vai lá saber como é sabiá.

Um chicote no lombo da taboca e Paulinho partiu. Minutos depois aparecia à porta da casa rosada, examinava cauteloso a redondeza, descia a rua outra vez, chegava a Raimundinho, parava como por acaso, olhando noutro rumo.

— Não tem essa palavra em inglês. Na Inglaterra, capital Londres, não há sabiá.

— Coitados! – disse Raimundinho, pensativo.

E já se animando, confiante na simpatia que sabia haver:

— Eles não estão aí agora. Pedrinho foi num sítio buscá as jaçanãs que seu Bastião deu pro pai dele. Vai demorá muito. Tu não queria vê hoje os meus sabiás?

Paulinho indagou onde estavam. O amigo informou que pusera todas as gaiolas no chão, numa clareira do mato atrás da palhoça. Estavam à sua espera. Paulinho não respondeu. Chicoteou o cavalo, deu alguns pinotes pela rua, fez um longo rodeio, foi entrando no mato. Raimundinho deu volta pelo outro lado. Quando o amigo chegou, ele já lá estava, transfigurado de felicidade, apontando as gaiolas.

— Eu mesmo faço as gaiolas. As arapucas também. Não tem um aí que foi dado. Eu é que peguei todos eles.

O amigo estava deslumbrado.

— E eles cantam?

— Esse pintadinho é até seresteiro!

E Raimundinho assobiava-lhe o canto. Paulinho deixara o cavalo, se aproximou da gaiola.

— Não pegue, não.

— Por quê? Ah! sim...

— Esse aí não tem nome – disse o filho do lázaro. – Os outros têm. Aquela é a Maroca. Aquela é a Catirina. Este é o Chico. Esse Chico é sem-vergonha... Por isso que eu dei o nome. Parece o Chico do bumba meu boi.

– E aquele escurinho?

– É o Benedito... Este canelinha seca é danado pra cantá... Qué vê? Benedito? Benedito? Canta pro mocinho...

O sabiá estufou o peito e cantou. Paulinho ficou maravilhado.

– Eles te obedecem?

Raimundinho␣sorria␣orgulhoso. Erguia as gaiolas, contava as manchas deste ou daquele, onde apanhara o Benedito, onde caçara o Chico, em que arapuca a pobre da Catirina se deixara prender...

Longe se ouviu a voz da cozinheira chamando Paulinho.

– Vai-te embora. Tão te buscando. Sai pelo outro lado.

Paulinho foi saindo. Mas o amigo ainda o chamou. Deteve-se outra vez sem olhar.

– De vez em quando tu me ensina uma palavra nova?

47

Os meses passavam. Mas apesar do clima e da paz, seu Teixeira continuava, mais do que nunca, cheio de apreensões. Não havia recursos. A saúde da esposa dia a dia inspirava maiores cuidados. Sua medicina de emergência não poderia, de maneira alguma, enfrentar possíveis situações. Melhor seria, talvez, voltar para São Luís, alugar casa em rua mais afastada, mais perto do campo, onde pudesse, todas as manhãs ou todas as tardes, levá-la a passeio, respirando ar mais puro, mas ao alcance dos cuidados médicos.

– Mas, papai, está chegando o tempo do boi. Já estão ensaiando... a gente vai perder?

Foi uma revolução em casa. A própria d. Irene, não fora a inquietação das cobras no quintal – Nhá Quitéria garantia que não eram venenosas e que cobra só mordia quando atacada, raramente fazia mal –, a própria d. Irene gostaria de ficar mais tempo. Os meninos engordavam. Tendo mestre em casa, não faziam falta as escolas de São Luís. E era experiência. As crianças viviam, conheciam um mundo novo, se integravam na terra. Seu Teixeira chegou a fazer uma incursão mais adentro, levando os mais velhos. Eles haviam regressado ricos de aventuras novas. Parte da viagem feita em boi-cavalo, a marcha lenta pelos campos, pela mesma terra gretada, agressiva, toda marcada dos meses de chuva, o sol voltando depois, a água descendo ou se entranhando no solo, e a terra endurecendo, ferindo os pés, quando pisada. Depois a travessia dos alagadiços no "casco", tronco de árvore cavado, embarcação precária e primitiva.

– Quase morri de medo – confessou Tito honestamente.

De fato, o "casco", dois ou três dedos fora d'água, parecia a todo momento afundar, permanente perigo. Já sustos iguais haviam levado quando, no boi-cavalo, depois de vencidos vários igarapés enxutos, tiveram de atravessar os primeiros brejos. O animal se metia na água, parecia escorregar, a água subia até as pequeninas pernas penduradas no lombo.

– Olha um jacaré!

O animal pairava imóvel à flor da massa líquida. Devia dormir.

– Vão contando, meus filhos! Vamos ver quem descobre maior número de jacarés!

Era maneira de transformar o susto em esporte, o temor em diversão. Jaçanãs voavam, picando a água, pousavam leves sobre as plantas silvestres. Garças cortavam o céu. Marrecos passavam. O canoeiro contava histórias, dava com o varejão no capim alto que fechava o caminho. Plantas aquáticas rebentavam contra a embarcação. Afinal, Sacaitaua. Moradores amigos, no abicadouro das canoas. Paulinho olhou:

– É ali que vamos ficar? Será possível?

Casas de palha, erguidas sobre moirões de carnaúba, a mais de metro do chão, que no tempo das chuvas era a terra invadida. A escada, um tronco de carnaúba, os degraus cavados ao longo. Dentro, pequenos bancos rústicos, modestas imagens, redes enroladas, pendentes de ganchos. A sensação de insegurança lhes cortava a alma. O pão era escuro, tinha um gosto amargo. Almoço era peixe e pirão. Como havia hóspedes, por vezes galinhas enriqueciam o menu, novidade na mesa que a gulodice dos moradores denunciava. Mas o campo alagado a se perder de vista, os coqueiros emergindo da água, a floresta densa, cheia de mistério, ao fundo, a certeza de que os jacarés rondavam e o silêncio, um silêncio vazio, pesado, apenas cortado pelo voo das aves, não permitiam a Paulinho e Tito compreender o deslumbramento com que o pai derramava os olhos pela paisagem de abandono.

– Mas que graça papai acha nisso? Eu não vejo nenhuma...

Seu Teixeira vibrava. Anotava nomes de árvores, indagava sobre os hábitos dos animais e os costumes do povo, perguntava o sentido de palavras e expressões, pedia receitas e nomes de pratos, achava o pão saboroso, propunha excursões. E até registrava num caderno os milagres de um santo qualquer, ele que sempre dissera não acreditar em imagens e santos.

Voltando a Cajapió, porém, já Sacaitaua, Maravilha e São Vicente Ferrer, os lugares percorridos, eram incorporados, na imaginação infantil, às mais fascinantes aventuras. Paulinho salvara uma garça das garras de um jacaré. Tito apanhara traíra com as mãos, na beira do lago. Os índios tinham assaltado a casa, certa noite. "Felizmente papai ainda estava acordado!"

D. Irene sorria. A palidez lhe aumentava a doçura dos olhos.

48

Já as malas, os pacotes de livros, as trouxas de redes, toda a bagagem fora despachada. Os últimos objetos eram colocados. O carro de boi esperava. Tornada final a decisão, a ideia do regresso excitava os garotos. Os últimos dias já haviam sido de impaciência febril. Facilmente adaptados, eles agora tinham pressa, outro assunto não tinham. Voltava o desejo de andar pelas ruas calçadas, a tentação de apedrejar os lampiões de gás das ruas estreitas, a saudade das casas imponentes de azulejo, a vontade de rever os sobrados velhos de mirante. E os passeios de bonde? E os doces da Padaria Vitória? E o 48 marchando em pleno sol? E os bichos do jardim do palácio? Com certeza Bertinho e as irmãs deveriam estar de volta de Alcântara. Seguramente ele não haveria passado pelas aventuras de Sacaitaua e São Vicente Ferrer. Não vira tantos jacarés. Não comera jaçanã. Não vira tanta morte de cobra. Havia o que contar. A Alice da Rua do Sol — aquela, sim, não tinha namorado com cara fugitiva de cotia — havia de estar ainda mais bonita, sempre vestida de branco. Tito não queria mais Cacilda, nem mesmo de quebra.

— Se tu quer, fica com ela.

Até de Nhá Calu tinham saudade. O governador já estava esquecido. Mas o automóvel os chamava. Ainda estaria por São Luís, espantando o povo, provocando alarma?

— Eu vou comprar um — disse Tito. — Assim a gente sai correndo atrás de todo mundo...

E Tito já se via no alto do carro, estourando e pulando nas ruas, homens em disparada, crianças fugindo, Nhá Calu rezando.

— Bem, digam adeus.

Toda a vizinhança estava mobilizada. Pobres da rua toda vinham agradecer os remédios, os auxílios. Os garotos da terra estendiam longos olhos de inveja. Seu Manuel trouxera os filhos para o bota-fora. Somente a Alice morena se limitara a mandar um abraço pelo irmão mais velho. Estava àquela hora, com certeza, pegando na mão de Domingos. Ah! os nascidos em maio!...

— Subam — ordenou seu Teixeira.

Os últimos abraços. Algumas lágrimas. D. Irene subiu com dificuldade.

— Até à vista, minha gente!

Surgiu Raimundinho. Estivera desaparecido nos últimos dias. Parou a certa altura, vendo a escalada do carro. Quando, porém, viu Paulinho lá no alto, encheu-se de uma audácia nova. Aproximou-se com tal expressão, afastando Pedrinho e os companheiros, indiferente aos murmúrios e pragas, que d. Irene o percebeu.

— Paulinho, o filho de seu Simão está querendo falar com você. Desça. Vá dizer adeus.

O garoto desceu. Houve um silêncio expectante. Comovido pelos olhos do amigo, Paulinho abriu-lhe os braços. Raimundinho deixou-se abraçar, os lábios trêmulos, imóvel, as mãos caídas, sentindo que as palavras trazidas lhe fugiam.

— Tu queria falar comigo?

— Eu? Ah! sim... Queria... Olha aqui, Paulinho: posso pô o teu nome naquele sabiá sem nome lá de casa?

49

Era uma satisfação ver família tão distinta vir morar na Rua da Concórdia, afirmava Batista à mulher, sentada no chão, trançando a linha nos bilros. Ela provavelmente poderia vender-lhe as rendas, conseguir uma boa freguesia.

— A dona parece moça muito educada. Só que tem jeito de doente. Aquilo não é só da gravidez, não.

Sim, porque Mundica também estava esperando filho e nem andava tão pálida, nem tossindo, com a graça de Deus. Fazia todo o serviço da casa e ainda fazia renda para ajudar as despesas.

— Lá na Capitania do Porto a gente ganha uma miséria...

Batista não tinha dúvida. A dona tinha mais alguma coisa...

— Coitada, um jeito tão bom... E com tanto filho. Nós, graças a Deus, não temos queixa...

E sem transição:

— Parece que o homem é dotô. Nunca vi tanto livro. Diz-que quem tem livro assim é o Antônio Lobo. Home de muito estudo. Pena não ser crente... O que é que adianta a ciência deste mundo? – acrescentava Batista, com suprema filosofia. – Fora da palavra de Deus não há ciência... O verdadeiro galardão é Cristo...

A renda caminhava, nos dedos ágeis de Mundica.

— Tu não vai trabalhá, Batista?

— Vou – disse o mulato.

Abotoou o paletó.

— Abdênago! Tira esse chinelo da boca!

O menino estremeceu.

— Olha aí, Mundica... Tu não vê essas coisas?

— Eu não sou cem – disse a mulher.

— É dente que vai aparecê – comentou Batista contente. – Olha aqui, Mundica. Olha a boquinha dele. A gengiva tá quase arrebentando.

– Tá na hora, Batista.

O marido pôs o Novo Testamento no bolso.

– Pra que isso? Tu não vai pra igreja...

– Todo tempo é tempo pra falar no Evangelho... Cristo disse...

– Já sei. "Ide por todo o mundo e pregai o Evangelho a toda criatura..."

– Pois é. Eu posso ter que dar o meu testemunho. Outro dia esteve lá um capitão de mar e guerra que veio do Rio. Começou a escarnecer do Evangelho. Eu pedi licença e mostrei a palavra de Deus... Ele acabô saindo da sala, todo sem jeito, pra disfarçá... É que ele tava sem resposta...

E orgulhoso:

– Eu, com a Escritura Sagrada, não tenho medo de falá com os grandes deste mundo.

Pôs o chapéu na cabeça.

– O que é que tu acha, Mundica? Não era bom eu ir agora à casa dos vizinhos novos pra...

– Pra dar testemunho?

– Não. Pra cumprimentá, pra desejá boas-vindas. É um dever de delicadeza, tu não acha?

– Eu acho que tu devia tocá pra Capitania. Tá na hora...

– Tá bem – concordou Batista. – Há tempo pra tudo, como dizia o *Eclesiastes*. Tempo de chorá e tempo de ri. Tempo de ajuntá pedra e tempo de espalhá pedra. De tarde eu vou lá. Olha: o Bartimeu tá com o nariz escorrendo...

E saiu.

50

— Tão gostando da rua? — perguntou Batista, amável. — A dona tá satisfeita?

D. Irene sorriu, apoiada ao braço do marido. Estavam gostando. A rua era quieta.

— Ah! esta rua é um presente de Deus! É uma bênção. O único mal é quando passam os moleques dos Educandos. São uns meninos terríveis. E têm esse defeito de jogá pedra na minha casa, só porque eu professo o Evangelho. Mas eu não dou importância. Senão, não podia orar o Pai-Nosso... Ah! desculpem. Eu ainda não me apresentei...

Era Felinto Batista, morava no 12, trabalhava na Capitania do Porto. Iam para o lado dos Educandos? Se dessem licença acompanhava. Estava muito contente de ver os novos vizinhos. Já sabia que o doutor era professor de línguas. Muito prazer... Agora o Bartimeu, se o doutor permitisse, já tinha com quem brincar em melhor companhia. Ele já tinha seis anos.

— O senhor sabe, dotô? Tenho seis! Bartimeu, Issacar, Barnabé, Lucas, Isaac e Abdênago... Não notou nada nos nomes?

— São originais.

— Mais do que isso, mais do que isso, professor. A dona não notou? Formam um acróstico. O B de Bartimeu, o I de Issacar, e assim por diante. Repare. Formam o nome da Bíblia. B-i-b-l-i-a... Minha senhora está esperando outra vez. Está em estado interessante. Assim como a dona, com o perdão da palavra. Pois bem. Se fô home, o nome vai sê Samuel. Se fô mulher, vai sê Sara. Sabe por quê? Porque se Deus me ajudá e me dé mais sete, eu completo o acróstico: Bíblia Sagrada.

E informava ser presbítero de uma igreja protestante. "Abraçara o Evangelho" muito moço. Quando teve o primeiro filho hesitara muito. Não sabia que série iniciar: se a das 12 tribos, a dos profetas menores ou a dos 12 apóstolos.

— Os nomes das tribos são lindos. Não sei se o senhor conhece: Rubem, Simeão, Levi, Judá, Dan, Gad, Asser etc. Os dos profetas menores também. Só não gosto de Habacuc. Mas depois eu pensei bem e achei que o melhor mesmo era fazer o acróstico. É mais variado. E graças a Deus já completei a primeira palavra. O senhor vê: Bartimeu... Era o cego que Nosso Senhor curou. Issacar já é uma tribo. Barnabé... Era o nome de meu pai. É da Bíblia, também. Os nomes todos são tirados da palavra de Deus. O senhor sabe quem foi Abdênago? Não? Não conhece o episódio de Sidrach, Misach e Abdênago? Ah! é um episódio muito edificante... Está no *Livro de reis*... O rei Nabucodonosor...

Seu Teixeira mordia o bigode, preocupado com o novo acesso de tosse da mulher. O médico se mostrara muito pessimista pela manhã. Batista incursionava pela Escritura.

— O senhor precisa conhecê o Evangelho. Principalmente a dona, que está doente. O pecador tem que está preparado. A gente nunca sabe o dia de amanhã. O anjo da morte pode vi como um ladrão na noite...

— E o Abdênago — perguntou o professor, subitamente irritado. — É Abdênago de quê?

— Batista! — respondeu o presbítero, sem atinar com a razão da pergunta.

Caminharam 20 minutos. À volta, já na porta da casa, Batista pediu licença e ofereceu à dona um exemplar do Novo Testamento.

— Com o perdão da palavra, a senhora precisa muito do Evangelho. Ninguém sabe quando vai penetrá na eternidade. A senhora vai encontrá conforto e salvação... Porque o sangue de Jesus Cristo...

O professor cortou-lhe a palavra. A esposa estava cansada. Ia conduzi-la até a varanda. Voltaria logo. Voltou, com o livrinho na mão.

— É para minha senhora, não é?

— Sim, dotô. Mas o senhor deve ler também. A salvação é pra todos, homens e mulheres, sábios e ignorantes...

— Muito bem. E este livro traz a salvação?

— Ah! dotô! É a palavra de Deus!

— Lendo, ela encontrará a salvação?

— Mas sem dúvida! – exclamou o mulato entusiasmado.

— E esta palavra dispensa a palavra dos homens?

— Está claro! Os padres...

— Quer dizer que se ela ler sozinha, mesmo sem explicação de outros...

— Ah! Sim! A palavra de Deus é clara para qualquer entendimento...

— Então o amigo vai me fazer um favor. Minha mulher vai ler. Não lhe toque mais no assunto, está bem? Deixe a palavra de Deus agir sozinha... Promete?

Batista prometeu, novamente sem entender.

51

Batista havia prevenido o professor contra aquele garoto.

– Deus me perdoe, mas é um menino endiabrado. Imagine o senhor que outro dia, só porque eu passei um carão nele, o menino correu e, de longe, me deu uma banana... Conhece o gesto, não conhece? Veja o senhor! Uma banana! O Bartimeu está proibido de falar com ele! Tome cuidado também, doutor...

Mas a casa era pequena – a da Rua do Sol continuava aos cuidados de Nhá Calu –, os garotos frequentemente mandados para a rua, tal a inferneira em casa, insuportável para os esgotados nervos maternos. E Benedito era a grande descoberta dos garotos. Pela primeira vez Paulinho conhecia um chefe, um líder natural. Benedito era mais moço. Mas filho da rua, experimentando, vivido, acostumado a tudo resolver por si, tinha ideias luminosas, sabia tudo, enfrentava tudo. Tempo de papagaio? Benedito fabricava os seus, e ainda vendia. Tempo de boi? Benedito jamais teria dinheiro para comprar um boi no Galpão. Fazia o seu. E conhecia todos os personagens e as falas de cada um, cantava e dançava e organizava a festança. Paulinho assobiava a *Caraboo*? Benedito conhecia a letra. Eles não tinham dinheiro?

– Eu arranjo. Se fô preciso eu peço esmola. Eu sô negro, pra mim é fácil, é só dizê que não tenho pai e minha mãe tá pra morrê...

E sorria:

– Macaco, tua mãe morreu! Que me importa? Antes ela do que eu!

A brincadeira apertava o coração de Paulinho, outra vez devorado pelos antigos pressentimentos. À noite, na rede, ficava longas horas insone, desesperado, a acompanhar os sofrimentos no quarto do lado e a ouvir o pai passeando pela varanda. Sabia-o de mãos atrás das costas, mordendo o bigode. Mas já Benedito mudara de assunto. Descobrira um matinho rico de camapus.

— E daqueles grandões, que a gente aperta e pula na boca. Parece de mel...

Mais do que todos os recursos de imaginação, porém, do que todo o conhecimento da vida e todas as habilidades – fazia arapucas e gaiolas, imitava porco e cacarejo de galinha como ninguém –, havia a seduzi-los a irreverência tranquila e sadia de Benedito. Tinha um riso de camundongo, comunicativo, irresistível. Desconhecia o medo. E o seu olhar para os mais velhos era de uma independência que deslumbrava Paulinho.

— Benedito disse... Foi Benedito quem disse.

D. Irene, cansada e tolerante, via o entusiasmo dos filhos.

— Olha, mamãe, o Benedito vai fazê uma gaiola pra mim. Benedito vai me dá uma baladeira nova. Já arranjou a forquilha. Você sabia que Benedito sabe fazê papagaio? Benedito sabe todas as histórias de Inocência...

E as frases de Benedito, e os seus desafios, e aquele jeito de jogar o chapéu de palha no alto da cabeça...

Não venha,
Chapéu de lenha!
Caiu,
Partiu,
Morreu,
Fedeu!

... tudo nele era imprevisto e sabedoria. "Eu sô filho de pernambucano. Meu pai era da terra da faca. E eu sô como ele: quando não mato, esfolo!" Mas Benedito não era de briga. Tudo resolvia com bom humor, com uma pilhéria.

— Mamãe, você não conhece Benedito? Pra mim, quando ele crescê, vai ser governador do Estado... Só se não quiser...

52

– Tua mãe tá esperando bebê, não tá? – perguntou Benedito.

– Não sei – disse vagamente Paulinho, coração pequenino de angústia, martirizado pelos pressentimentos, ideia posta nas conversas cheias de apreensões que apanhava entre o pai e as famílias amigas, agora muito assíduas nas visitas, prestimosas nos cuidados.

– Tá sim – confirmou o garoto. – É só vê o jeito da barriga dela. Não tá longe, não. São dois que vão nascê logo por aqui. O dela e o da mulhé de seu Batista. Ota homem pau! Vive só com aquele negócio de Bíblia na cabeça. Outro dia eu quis brincá com o Bartimeu, ele perguntô se eu sabia os mandamentos. Tu já viu que garoto mais besta? E ele é todo cheio de foba... Porque isto, porque aquilo, porque sabe os mandamentos, porque sabe de cor uma historiada de salmos. Tu não viu ele recitá? Puxa!

Benedito falara só incidentalmente na gravidez da d. Irene. Sem malícia. Tão habituado estava às coisas da vida, tudo para ele tão natural, que Paulinho mal pôs reparo no caso e nem viu que ali estava quem lhe poderia desvendar a chave de todos os mistérios. Mas Benedito já passara a falar de Bartimeu e logo a seguir planejava um assalto às árvores frutíferas de um largo quintal, pouco abaixo, no Caminho Grande.

– Lá perto da estação de bondes... O perigo é que lá tem um cachorro chamado Lobo que é uma desgraça. Mas eu já sei como fazê. Quando ele vié avançando, a gente não corre. Correu, o cachorro morde mesmo. Mas com cachorro a gente tem que fazê assim: não tê medo. Cachorro só ataca quem ele vê que tá com medo. Tu fica firme, dexa ele lati.

A ideia não seduziu muito Paulinho. Suas audácias eram puramente imaginárias. Na hora das coisas práticas preferia ser mais prudente. Por isso mesmo admirava o negrinho de riso alegre, sem estudo, mas capaz dos fatos, das realizações. Sua coragem real se demonstrava nos atos. Mas a própria volubilidade de Benedito já deixava de lado o assalto à casa do Caminho Grande.

– Vamos fazê uma guerra contra a casa de seu Batista? O padre disse outro dia que jogá pedra lá não era pecado...

– Tu respeita padre?

– Eu não, mas quando ele diz que a gente pode jogá pedra em alguém, eu respeito. Eu gosto de padre é assim...

53

Pela manhã e à tarde, agora o pequeno grupo familiar se reunia e saía a passeio, ora descendo o Caminho Grande, ora saindo pela estrada que contornava os Educandos e se perdia no mato, areia fugindo aos pés, árvores amigas derramando sombra.

Tão pesado e vivo parecia o sofrimento dos pais que Paulinho não conseguia afastar-se. Procurava multiplicar-se em pequeninas atenções.

– Tito, não corre desse jeito! Tu pode se machucar...

E voltando-se para a mãe:

– Não é, mamãe? Ele corre, corre, pode cair, se machucar... Depois vem chorar...

Voltando-se para o pai:

– Mina tá ficando grande, não, papai? Ontem seu Pacheco disse que Mina já parece uma mocinha. E parece mesmo. Olha lá...

Mina caminhava na frente, olhando muito séria as árvores, parando à porta das palhoças.

– Quando é que é tempo de açaí, hein, mamãe? Eu gosto tanto de bebê... Você não gosta, mamãe?

D. Irene gostava. Seu Teixeira também. Paulinho informou que Mina não gostava. Mas Tito gostava. Açaí era a coisa melhor do mundo. Quase tão bom como vinho de buriti. Fazia tempo que a gente não tomava vinho de buriti. Por quê, hein? Inocência é que era danada pra fazer vinho de buriti. E doce de buriti? ("Você gosta, mamãe?") Doce de buriti também é bom. Será que d. Anicota Falcão ia trazer outra vez aquelas latinhas de murici e de goiaba? D. Anicota fazia bem mesmo... Melhor que d. Iria. Ou papai preferia os de d. Iria? ("Você preferia, mamãe?") D. Irene contraía o rosto, devorada pelo sofrimento. Paulinho estava com saudade de Cajapió. Será que Bertinho já tinha voltado de Alcântara? Ah! bom seria quando eles voltassem para a casa da Rua do Sol. Aquela, sim, era grande! E aquele mamoeiro? ("Cada mamão, não, papai?") Benedito sabia de uma casa no Caminho Grande que tinha de tudo no quintal. Só sapotizeiro tinha mais de dez. Paulinho gostava muito de sapoti. Pois é... Benedito falou que o Bode estava preso. Coitado, sempre prendiam o Bode. Os moleques não deviam jogar tanta pedra no coitado. ("Passou a dor de cabeça, mamãe? Toma aquele remédio que passa.") Quando é que papai ia começar as lições outra vez? Paulinho quando crescesse ia ler todos aqueles livros que o pai tinha. ("Livro é bom, não, mamãe?")

54

Tinham recebido carta branca. Rua. Quintal. Benedito.

Onde quisessem. Com quem quisessem. Brincar longe. Brincar o dia inteiro. Distância. O passeio matinal fora interrompido. Logo saiu gente a chamar médico. Vizinhos começaram a chegar. O alarma fora dado. Amigos aparecem. Caminhava-se em pontas de pés. Passos nervosos. Palavras surdas.

Tito se integrou facilmente nos jogos. Mina também. Benedito, com a intuição do seu papel, estava particularmente vivo e bem-humorado, inventando sortidas, fazendo pilhérias. Paulinho não conseguia brincar. A cada passo fugia, voltava para casa, era afastado carinhosamente por alguém.

— Vá brincar, Paulinho. Não achou Benedito?

— Achei. Nós estamos brincando. O que é que mamãe tem?

— Não é nada, meu filho.

— Passou a dor de cabeça?

— Está passando. Vá brincar.

Saía outra vez.

Seu Batista havia aparecido muito amável. A um gesto do professor viu que o Evangelho devia agir por si e se limitou a oferecer a casa. As crianças podiam comer lá, se ele consentisse. Alegrou-se de ver o oferecimento bem recebido.

— Ah! os meninos vão gostar! Ainda mais hoje! Eu comprei uma cambada de peixe-pedra que é uma lindeza! Estão fresquinhos... E a Mundica é uma mão de anjo pra fazê peixe! Ela cozinha como quê!

Saiu contente, foi avisar os garotos. Seu Teixeira queria que eles fossem comer em sua casa. E Batista foi mais longe. Soltou os filhos, permitiu que fossem brincar na rua com os meninos, apesar da presença de Benedito. O enriquecimento do bando infantil acabou por absorver Paulinho e fazê-lo esquecer. Fizeram-se guerras.

Travaram-se batalhas. O trem do Anil correu pesado de carros. O automóvel atropelou transeuntes. Foi um dia cheio.

Mas à noitinha soou a hora de recolher. Uma alegria houve. Não se falou em banho, ao chegarem. Ninguém estranhou as caras sujas, as roupas imundas. Só havia uma preocupação: nada de barulho. Armaram-se as redes. À última hora houve um pequeno contratempo. Alguém achou que deviam pelo menos lavar os pés e as mãos. A casa estava cheia de povo. Surgiram bacias. Voluntários se apresentavam. Benedito entrara, encostara-se à porta da varanda, estava sério pela primeira vez, os olhos compridos passeando pela casa onde nunca pisara, vendo os retratos nas paredes, observando, com o olhar penetrante, aquele mundo desconhecido, procurando ler nos olhares a verdade escondida atrás das palavras veladas.

– Já veio o médico? – perguntou a uma senhora idosa.

– É da sua conta, menino? Fale baixo!

Paulinho se aproximou do amigo.

– O que que tu perguntou, hein?

Benedito olhou-o, com aquele inesperado jeito grave:

– Eu perguntei se podia ficar aqui...

– E o que que ela disse?

– Que podia. Mas pra eu não ficá com esta cara de sem-vergonha...

E rindo:

– Será que eu tenho cara de gente que não tem vergonha? Todo mundo me diz isso...

Tornou a olhar inquieto alguém que saía do quarto com os olhos vermelhos.

– Ih! Paulinho! Tive uma ideia! Quando o carnaval chegá nós vamos fazer máscaras...

– Tu sabe fazer?

– Eu faço até com cara de macaco... O ano passado eu vendi umas duas... Nós este ano fazemos as máscaras e tu vende... Com o dinheiro a gente compra bisnaga... e confete... Tá bem?

Paulinho achou a ideia maravilhosa. Se Benedito ensinasse, ele também faria. Assim teriam mais para vender. Iam vender bem caro. Cem mil-réis cada uma. Benedito explicou que esse preço era impossível. Só podiam conseguir dois a três tostões por máscara. Ainda assim, valia a pena.

– A gente arranja um cordão, passa na janela, prende as máscaras, e fica esperando os fregueses. A gente apanha uns bons cobres.

E continuaram fazendo projetos. Os meninos já se haviam deitado. No dia seguinte Paulinho contaria a Tito os novos planos. Mas como é que arranjariam material para o fabrico das máscaras? Ah! aquilo era coisa à toa. E Benedito estava explicando, quando novamente passou a senhora idosa.

– Mas já se viu? A mãe do menino naquele estado e este negrinho falando em carnaval. Vai-te embora, coisa à toa!

– Eu já ia saindo mesmo – informou Benedito com uma humildade surpreendente para o amigo. – Vai dormir logo, Paulinho. Amanhã a gente conversa melhor...

E outra vez de olhar inquieto procurou adivinhar o que se passava no quarto.

55

– Paulinho! Paulinho!

Alguém o sacudia na rede.

Paulinho abriu os olhos, assustado, mal desperto.

– Paulinho! Tua mãe morreu...

– Hein? – disse ele, sem entender, vendo aquela preta de uma casa vizinha, inesperada no seu quarto.

– Hein?

– Tua mãe morreu...

Ele se ergueu estremunhado, desceu, ficou de pé junto à rede. A luz entrava da sala pegada, não suficiente para destacar os traços da moça. Cambaleava de sono. Esfregava com a mão um dos olhos. A rapariga o observava.

– Hein? – fez de repente Paulinho, angústia nascendo.

A preta repetiu a informação. Olhou-a, sem acreditar, como se estivesse sonhando. Ela não falou. Paulinho ficou alguns instantes imóvel, o coração pulando. Encaminhou-se para a porta. Duas ou três pretas da vizinhança estavam sentadas no chão, falando baixo. Sentiu que falavam a seu respeito, ouviu alguém murmurar "coitadinho". Evitou olhá-las. Na cozinha havia rumor de vozes. Uma era a de seu Pacheco. Percebeu que lá estavam d. Gracinha e d. Militina. Havia mais gente. Hesitou, no meio da sala. Depois voltou-se e foi andando como um sonâmbulo para o quarto da mãe. A porta semicerrada. A preta ficara na sala. O quarto estava mal iluminado por um lampião de querosene. Não podia ser. Aproximou a mão da porta, deixou-a cair. Não era possível. Não podia ser. Quis voltar. Viu que a preta, de longe, o observava. Sentiu passos, vindos da cozinha. Assustado, empurrou a porta. No quarto não havia ninguém. Olhou a cama. Vazia. A luz do lampião parecia acabar-se. A cama abandonada deu-lhe uma sensação de desgarramento, de naufrágio. Teve ímpetos de gritar. O leito vazio. O quarto só. Não. Devia ser outra coisa. A cabeça girava. Recuou, sem ruído, foi ao corredor, dirigiu-se para a sala da frente, onde havia luz também. Olhou. O longo sofá estava no meio da sala. Nele, estendido, as mãos cruzadas no peito, estava o corpo da mãe. À cabeceira, de pé, imóvel, os olhos enxutos postos na companheira, estava o pai. Um detalhe o fazia viver: mordia o bigode. Havia outros vultos na sala, que Paulinho não distinguiu. Um deles veio saindo. Paulinho se escondeu na sombra da porta, viu-o passar. Depois voltou para a sala. Notou que vários olhares o buscavam. Entrou rapidamente no quarto, fechou a porta, correu para a rede, se encolheu. Sentia um vazio na cabeça. Nítido, era apenas o balanço da rede, muito lento, indo e vindo no silêncio do quarto.

56

Ouvia vozes. Distinguiu bem. Era seu pai. Havia um tom de sofrimento e de indignação nas suas palavras. Alguém lhe contara. E estava zangado. Como haviam tido a crueldade de acordar a criança para uma notícia tão brutal? Uma fala baixa dava explicações ininteligíveis. Percebeu várias criaturas junto à porta. Outra voz de homem também parecia indignada. Aquilo não se fazia. Onde estava o menino? Súbito, notou que abriam a porta. Com os olhos fechados sentiu que o quarto se iluminava. Depois a treva caiu novamente. Devia ter entrado somente uma pessoa. Sim. Era seu pai. Ele conhecia os passos. Conhecia aquele limpar de garganta, próprio de certos momentos. Ele se aproximava. Curvava-se sobre a rede. Com a mão, abriu-a ligeiramente. Sem descerrar os olhos Paulinho acompanhava-lhe os movimentos.

– Está dormindo, coitadinho...

Um choro convulso e desordenado sacudiu então a criança.

– Papai! Papai!

O pai ergueu-o nos braços, confundindo suas primeiras lágrimas com as primeiras lágrimas do filho. Do outro lado da porta havia suspiros e palavras de pena.

– Mamãe morreu, papai?

O homem não respondeu. Apertava o filho contra o peito, precisando ele mais de apoio do que a própria criança. Sentou-se à rede, o filho no colo, ficou-lhe acariciando a cabeça longamente.

– Durma, meu filho...

O menino chorava. A rede oscilava. A noite era fria. Quando percebeu que o sono descera, colocou-o, com longas cautelas, no leito incerto, foi-se afastando pouco a pouco, sem rumor. Ao abrir a porta, olhares amigos o interrogaram.

– Está dormindo.

57

 Seu primeiro pensamento, ao despertar, foi aquele.
 Sua mãe morrera. Durante tanto tempo vivera aquele pressentimento, a antecipação da mãe perdida, para sempre perdida, estendida num caixão como d. Colaca. Sempre imaginara que ficaria também perdido e desamparado ao se ver sem o apoio da voz carinhosa, sem o gesto amigo, a presença boa enchendo a casa, as mãos se estendendo para a sua cabeça numa ternura mansa. Agora acontecera. Vira a mãe estendida no sofá, as mãos cruzadas. Mais tarde, certamente, viriam os homens... E nunca mais! Na rede ao lado Tito dormia. Que seria dele quando acordasse? Qual não seria o seu desespero? Que espanto não iria provar! Como lhe contariam? Viria também a criatura estúpida sacudi-lo com a notícia, ou viria seu pai, sem palavras, lhe acariciar os cabelos, para fazê-lo dormir outra vez? Que estariam dizendo lá fora? Quem estaria? Passos vinham chegando. Afundou-se na rede, fechou os olhos. Alguém abriu a porta, esteve parado, fechou-a novamente, sem dizer palavra. Entreergueu a cabeça. Que horas seriam? Estaria na hora de Tito despertar? E quando ele soubesse? E Mina? Arturzinho já despertara, estava lá fora, choramingava com fome. Ouvia vozes, havia gente cuidando dele, lhe fazendo agrados. Sempre pensara que quando acontecesse aquela desgraça começaria a gritar, sentiria um abandono sem conserto. Não estava sentindo. Apenas um vazio, o coração enxuto, a cabeça esquisita. A luz da manhã entrava no quarto. Distinguiam-se os móveis. A rede do irmão estava parada e escura. Seu pai morreria um dia, também? Um grande desamparo o invadiu. Nunca se sentira tão pequenino. Agora estava só. Não tinha mais colo onde chorar. Também homem não chorava mesmo. Ele não estava chorando. Perdera a mãe. A mãe ia ser levada. Ia para baixo da terra... O pensamento parou de repente. Encolheu-se de novo, ficou apertando o coração

com as mãos juntinhas. Mas ele não estava chorando. Ele não chorava. Os filhos de d. Colaca tinham chorado. Por que Papai do Céu matava as pessoas? No céu era melhor? Mas o céu era embaixo da terra? D. Colaca tinha sido enterrada, ele sabia. Diziam que ela estava no céu, mas estava enterrada. Sua mãe ia ser também levada ao cemitério. Mas ele não a vira num caixão. E se ela não tivesse morrido? E se só tivessem pensado que ela estava morta? Se fosse engano? Certa vez ouvira uma história assim. Pensavam que o homem tinha morrido. Inocência contara. A família toda estava chorando. Tinham posto um espelho na boca ou no nariz dele. O espelho não tinha embaciado. Quando o espelho não embaciava, a pessoa estava morta, não respirava mais. Mandaram fazer o caixão. Quando iam pôr o pobre no caixão, ele se mexeu, algumas pessoas fugiram, toda a família ficou quase louca de felicidade. E se tivesse acontecido a mesma coisa? Não. Ele tinha visto o jeito do pai. E ela estava muito branca, exatamente como d. Colaca. Mas se não fosse verdade? Não, sonho não tinha sido. A preta dissera. Ele tinha visto. Depois viu seu pai, seu pai entrara no quarto, seu pai estava chorando. Homem chora? O pai tinha chorado, mas pouco. Ele não estava chorando, mas quem sabe? E se fosse engano, mesmo? Era impossível, sua mãe não podia morrer. Ela não estava doente, só estava fraca. Decerto pensaram...

E a esperança foi surgindo. Ele não estava chorando porque tinha adivinhado. Sabia. Por isso é que não estava tão triste. Agora é que ele podia compreender. Ela não morrera, não. Seguramente já se tinha levantado do sofá, seu pai devia estar alegre, feliz outra vez! Ela voltara para a cama grande, estava à sua espera, como todas as manhãs, para lhe agradar a cabeça. Ah! sim, não havia dúvida! Fora engano, devia ser engano... devia estar viva, estava, estava, estava!

Saltou da rede. Mas não correu. Entreabriu a porta, muito de leve. A sala cheia de gente. Alguém estava carregando Arturzinho. Seu pai ia passando, cabisbaixo, as mãos atrás das costas, sem olhar ninguém. A certeza desesperadora o assaltou novamente. E correndo para a rede do irmão, num desbarato de alma:

– Mamãe morreu, Tito! Mamãe morreu!

58

— Não. Ir à casa de Benedito não é fácil — disse o pai. — Fica muito longe. Mas eu vou fazer uma coisa: mando buscar o menino. Seu Pacheco passa lá amanhã, traz o garoto. Assim vocês se distraem um pouco...

Paulinho ficou mais alegre. No deserto que era agora a Rua do Sol, onde novamente se achavam (d. Irene pedira ao marido que fizesse a mudança o mais cedo possível), a aparição de Benedito era promessa de um pouco de luz. Bertinho crescera muito em Alcântara, estava matriculado num colégio distante, tinha agora amigos mais velhos, se afastara. As meninas andavam em estudos, já não faziam tanta liga. A própria Alice, boa e acolhedora como nunca, ficara de repente moça, moça de uma vez. E Paulinho, vagamente melancólico e experimentado, suspeitava de alguma cara de cotia em sua vida também.

— Não há de ser pra mim que ela se enfeita assim e vai ficar na janela todas as tardes...

E Paulinho já mais ou menos localizara o rival.

Amigo seu era Benedito. Jamais se esqueceria dele naquele dia tão negro. Só diante dele não se envergonhava de chorar. As cenas voltavam-lhe ao espírito a todo momento, desencontradas, superpondo-se, nítidas sempre, muito vivas. O ódio com que recebia aqueles abraços. As palavras de pena que lhe dilaceravam o coração e tinham gosto de importunas e falsas. Todos os olhos o procuravam. Sentia uma curiosidade má em todos. Queriam ver se estava sofrendo. Procuravam-lhe os olhos.

— Coitadinho, sem mãe... Que tristeza! Tão pequenino! E são quatro! Pobre de seu Teixeira...

E era nos olhos que o olhavam. Paulinho cerrava os dentes, mordia os lábios. Houve uma senhora que o torturou. Nunca a vira, senão muito vagamente. Devia ser parenta de seu Pacheco. Havia chorado. Tinha os olhos vermelhos.

– Que menino valente! Isto, sim, já está um homenzinho... Não chora... Assim que é bonito...

E o olhava. Paulinho teve a impressão de que ela queria vê-lo chorar. Desviou a vista. Gente falava em voz baixa. Um pouco além estavam rindo num grupo. Não sei quem contava uma coisa engraçada. Encheu-se de ódio uma vez mais. A mulher insistia. Cobriu-o de beijos.

– Coitadinho! Tão pequeno e já órfão...

A palavra lhe doeu como chibatada. Órfão que ele conhecia era mendigo, pedia esmola, quase sempre era negro. Benedito era negro e ele gostava de Benedito. Mas ele não era negro nem pedia esmola. Órfão parecia xingamento. Haviam de chamá-lo sempre, de agora em diante, de órfão? Parecia uma condição de inferioridade. Os outros todos tinham mãe, teriam mãe. Ele não teria mais. Lembrou-se de que Benedito não tinha. Sentiu-se mais perto, mais irmão. Entrava outra pessoa grande, curiosidade nos olhos. Ergueu bem a cabeça, fixou-a com firmeza, para que visse. Não, não estava chorando, não chorava. Os irmãos menores haviam sido levados para casas de amigos. Ele ficara. Não quisera ir. Estava agora arrependido. Não era bicho do jardim do palácio para todo mundo vir olhar. Nem queria estar sendo abraçado por aquela gente que não conhecia. Por que aquela mulher estava chorando? Não sabia quem era. Chorava por quê? D. Gracinha, ainda bem. Era amiga. O pesar dela não o chocava. Até lhe fazia bem. Parecia Alice chorando. Mas não aquela desconhecida. Tornou a ser abraçado. Fugiu com o corpo, correu para a cozinha, também cheia de gente. Falavam na bondade de d. Irene, estavam com pena de seu Teixeira com quatro filhos pequenos, punham tudo na mão de Deus. O caixão já havia chegado. Não teve coragem de ver. Estava absolutamente só no meio de tantas palavras de ternura, de tantos gestos de compaixão. O pai parecia fugir-lhe. Parecia ter medo de um gesto de fraqueza. Mas uma ou outra vez o contemplava com tal desamparo de olhos que Paulinho sentia pena do pai, toda hora abraçado por gente.

Foi quando a mesma senhora idosa da véspera murmurou:

– Já está aí aquele negrinho outra vez.

Um clarão lhe iluminou a alma. Tímido, Benedito vinha entrando, o branco dos olhos muito grande. Os dois amigos se enfrentaram. Benedito estava constrangido, engolia cuspo. Súbito, pareceu animar-se:

– Sabe, Paulinho? Sabe o que eu descobri? Lá atrás dos Educandos tem um matinho... Camapu como quê...

– Tem? Vamos lá?

Encaminharam-se para a porta.

– Onde é que vocês vão? – perguntou a senhora.

Paulinho encarou-a com raiva. E num tom de desafio:

– Apanhar camapu!

59

    Benedito veio. Os dias tinham sido tristes, aquele vazio na casa. Em todos os cantos Paulinho imaginava encontrar a mãe. Em todos os cantos da casa ele a vira tantas vezes. Os menores pareciam esquecidos, uma que outra vez Tito e Mina choravam reclamando a mãe. Arturzinho igualmente. Mas logo se distraíam. Ele também. Já brincara. Já dera lições. O príncipe d. João havia fugido de Portugal com medo das tropas de Junot. Napoleão era um homem muito mau, tomava as terras dos outros países. D. João veio e abriu os portos do Brasil a todas as nações amigas. Mas a imagem voltava sempre. Às vezes parecia-lhe que ela estava presente, uma festa na alma, para logo sentir o coração pequenino de mágoa. O pai não lia mais. Uma tarde Paulinho o surpreendeu estendido no leito, o quarto escuro. E ele o viu murmurar desesperado, num suspiro, o nome da companheira perdida. Fugiu, deu um pontapé em Arturzinho.

    – Para de chorar, carro de manha!

    Mas agora aparecia Benedito. Seu Pacheco o trouxera. Não parecia o mesmo. Estava calçado, roupa domingueira, tinha um jeito de espanto. Paulinho sabia. Benedito sempre o dissera. Não gostava de casa. Seu ambiente era a rua. Na rua era senhor, dono da vida. Sabia lutar, sabia brincar, tinha ideias, atacava e se defendia. Na rua era livre. Mas parede o prendia. E Paulinho via bem que Benedito devia estar esmagado. A casa grande de azulejos, de cômodos amplos, devia parecer-lhe majestosa demais. E ele estava calçado. Com certeza fora ideia de seu Pacheco. Uma vez ele o vira dizer:

    – Não tenho filhos. Mas, se tivesse, nunca andariam descalços... Acho muito feio.

    Era ideia dele, com certeza.

    – Como vai, Benedito?

    Benedito respondeu, tolhido, olhando seu Pacheco:

– Bem, com a graça de Deus...

– Tira o sapato, Benedito. Sapato é besteira – disse Paulinho dando o exemplo.

60

Uma onda de luz enchera a casa outra vez. Inocência voltara. Notícia chegara ao Itapicuru.

— Vou vortá. Os meninos precisam.

Inocência apareceu com o bauzinho de folha de flandres, grandes flores desenhadas em cima.

— Inocência! Inocência voltou!

Ela não os chamou de órfãos, nem se pôs a chorar.

— Eh! Eh! criançada!

E abriu-lhes os braços.

— Minha Nossa Senhora! Como tu cresceu, Paulinho! Tu já tá quase um doutô! Quando é que tu bota carça cumprida?

Abraçava Tito, Mina, Arturzinho.

— Meu Deus! Como criança cresce! Deixei tudo pequenino, tá tudo taludo! Olha o Arturzinho! Quedê o menino que andava engatinhando no chão, todo manhoso? Tu me conhece, malandro? Tu sabe quem sou eu? Eu sou a negra que te carregou, a primeira negra que te carregou! Deixa eu vê se eu ainda posso contigo... Ufa! Que bicho pesado! Parece uma onça que mataram outro dia no Itapicuru!

E já se voltando:

— Tu sabe, Paulinho? Mataram uma onça deste tamanho... Maior que teu pai... Lá no Itapicuru tem dado muita onça. Outro dia...

E de repente se erguendo, para o dono da casa que se aproximava, gratidão nos olhos pela volta da preta:

— Meus sentimentos, seu Teixeira...

61

A aparição de Inocência normalizou um pouco a vida na casa. Teixeira regressou às leituras, voltou a dar classes. Já não tinha de passar o dia a lidar com os filhos, obrigando-os a comer, fiscalizando os brinquedos, intervindo nas brigas, dando banho, procurando escovas, escolhendo roupa. A velha Calu, muito pesada, pouco podia fazer. A nova cozinheira estava ali por mera caridade, explicara. Não gostava de crianças.

No próprio liceu ainda não haviam recomeçado as lições. Reingressado nos livros, refugiado neles, mais facilmente se reajustava. Inocência, muito compreensiva, fora a primeira a aconselhar:

– Por que o senhor não vai ler, seu Teixeira? Livro interte...

E prática:

– Era preciso arranjar uma menina pra tomar conta das crianças...

Devia chegar uma aquela tarde, arranjada por Batista, agora assíduo na Rua do Sol, passando sempre pela casa, na ida e na volta da Capitania, um pouco pela necessidade de evangelizar, muito pela natural bondade. Ardia-lhe o coração de mágoa sem conserto. Não se atrevia a fazer a pergunta, para não aumentar a aflição ao aflito. Mas não tinha paz. Sentia mesmo um fundo remorso por não ter sido mais enérgico. Devia ter zelado mais por aquela pobre alma chamada por Deus. D. Irene teria aceito a salvação? A leitura do Evangelho teria bastado para torná-la crente, para levar-lhe os pecados, e levá-la ao seio do Criador, à bem-aventurança dos justos? Gostaria de perguntar ao professor. Mas o terror de uma resposta negativa e de sentir a terrível certeza de que ela morrera sem se reconciliar com Deus não somente lhe estraçalhava o coração como iria aumentar ainda mais o sofrimento do esposo inconsolável. E Batista se agoniava. Pensar que d. Irene, tão boa, tão triste, podia estar agora no inferno, para toda a eternidade no inferno, no fogo que arde e nunca se apaga, no lugar onde o bicho que rói e nunca morre tortura os condenados, como dizia a Escritura... E se fosse assim, grande parte era culpa dele. Sentia-se réu diante de Deus. Devia ter tido a coragem de enfrentar todas as oposições e falar francamente, duramente, cumprir a sua obrigação. Se ele tivesse falado, ela estaria agora cantando louvores ao Senhor, na glória eterna...

E era de pena, remorso e vontade de salvar pelo menos as almas restantes que Batista voltava duas vezes ao dia. Olhava bem seu Teixeira. Felizmente estava forte, vendia saúde. Claro que ninguém pode responder pelo dia de amanhã. O Senhor podia chamá-lo a qualquer momento. A morte ninguém sabe quando vem. Mas vendo que seu Teixeira não lhe dava margem para a proclamação da mensagem, ainda assim confiava em Deus. Cedo ou tarde, a oportunidade se manifestaria. Que Deus lhes conservasse a vida a ambos, até o momento oportuno... E tornava a se agoniar, pensando em d. Irene. Que Deus o perdoasse... Fizera apenas parte do seu dever: oferecera o Evangelho. Mas não insistira, não gritara, não clamara, como o outro Batista, João, no deserto e no palácio de Herodes...

– Mundica... Mundica... Eu só peço a Deus que não faça cair sobre mim o sangue de d. Irene...

– Tá na hora da Capitania – era o refrão de Mundica.

62

Mas Batista prometera resolver o problema de uma pajem para as crianças. Conhecia uma mocinha de 15 ou 16 anos, moradora no Caminho Grande. Dias antes a mãe perguntara a Batista se não sabia de uma casa boa onde a menina pudesse trabalhar.

– Cozinhar bem, não cozinha. Mas toma conta da casa. E tem muito jeito pra lidar com crianças.

Aquela talvez servisse.

– É menina de confiança? – perguntou o viúvo.

– Bem... De confiança, até certo ponto... Eu não posso garantir...

Alertado pelas experiências anteriores, Teixeira se alarmou:

– Não é de confiança?

– Até certo ponto, sim. É gente muito boa. O pai trabalhava na Alfândega, era muito decente. Mas o doutô compreende, é uma família de idólatras...

– O quê?

– De idólatras. Gente que adora imagens de escultura, que pratica a idolatria... A palavra de Deus proíbe, no segundo mandamento: "Não farás para ti imagem de escultura, nem figura alguma do que há em cima no céu ou embaixo na terra, nem nas águas debaixo da terra. Não as adorarás nem lhes darás culto, porque eu sou o Senhor teu Deus, Deus forte e zeloso..."

– Mas além de idólatra ela tem algum inconveniente?

Batista concluiu, impassível, o segundo mandamento:

– "... que vingo a iniquidade dos pais, nos filhos, até a terceira e quarta gerações daqueles que me aborrecem e faço misericórdia até mil gerações daqueles que me amam e guardam meus mandamentos..."

Esperou o efeito e concluiu:

— Pergunte a um padre qual é o segundo mandamento. Eles dão outro. Não são bestas de mostrar o verdadeiro. Porque a Bíblia condena as imagens...

— Mas além da idolatria – continuou o professor, muito sério – há algum outro inconveniente na menina?

— Bem. O senhor sabe... Os romanos estão cheios de erros. Acreditam no Purgatório, que é uma invenção dos padres para explorar o povo e tomar dinheiro. Aceitam a confissão, que é uma pouca-vergonha. Só a Deus devemos nos confessar! Acreditam na transubstanciação, na infalibilidade do papa, que é um verdadeiro escárnio diante da face do Senhor... O doutô já leu a história da papisa Joana e do papa Alexandre VI?

— Já. Mas a menina é gatuna?

— Ah! isso não!

— Mentirosa?

— Acho que não.

— É porca?

— Não. Até é muito limpinha...

— Tem maus costumes?

— Não. Parece até muito assentada...

— É jeitosa no serviço?

— Eu não vi, não posso dizer, não gosto de mentir. Nem posso. A Escritura proíbe. Mas a mãe disse que sim.

— Então traga, Batista, pelo amor de Deus. Traga amanhã, se possível.

63

— Como é teu nome?

— Dijana...

— Dijana? — disse Inocência. — Ota nome danado!

Mas Inocência estava satisfeita. Conhecia as criaturas de longe. Simpatizou logo com Dijana. Compreendendo que, durante muito tempo, seria ela a única responsável pela economia da casa e pela estabilidade da família, tinha os sentidos alertados, previa, providenciava, decidia. Sentiu que a menina era boa.

— Mas onde é que tu arranjou esse nome? Na folhinha não foi...

A menina explicou. Seu nome real era Djanira. Mas ainda nova a mãe a levara a um médium. Baixou um preto velho e, depois de receitar um chá de sena, maná e rosa, lhe garantiu que, para ser feliz, ela precisaria arrancar a "ira" do nome. Precisava limpar o corpo e o nome. Daí o abandono de Djanira por Dijana...

— E tu ficou feliz?

— Ué! Tou esperando... Ele não disse que ia ser logo em seguida. Só disse que, sem tirá a "ira", eu nunca podia ser...

— Tá bem. Olha: tem umas roupas enroladas na bacia. Vai lá, dependura na corda... O sol hoje tá bom...

Tito veio chegando:

— É verdade que tu é idólatra?

Dijana se espantou com a palavra.

— Eu? Quem foi que disse?

— Seu Batista falou...

— Brincadeira — disse Inocência. — Seu Batista gosta de fazê graça. Todo dia ele vem aí distraí seu Teixeira, coitado, que anda muito triste. Eu só vejo seu Teixeira ri quando Batista aparece... Eu não entendo muito as graças dele, mas seu Teixeira gosta... Antes assim... Mesmo depois dele i embora seu Teixeira fica rindo...

Tito saiu. Dijana se aproximou de Inocência:

— E esse seu Teixeira? É bom patrão?

Inocência nunca havia feito o balanço. Falou como quem pensava no assunto pela primeira vez:

— De coração é... Nunca vi igual. Não incomoda muito, fica sempre lendo... Mas quando qué ajudá é uma desgraça... Felizmente tu veio. Agora ele não tem mais necessidade. Ele só sabe fazê uma coisa dereito: lê. Ainda assim, deixa os livros por tudo quanto é canto. E se a gente vai arrumá, ele zanga. Também ele só zanga por causa de livro... Não mexeu nos livros dele, ele tá contente, pode pegá fogo na casa...

E para que Dijana não imaginasse a casa sem governo e começasse a tomar liberdades:

— Mas quem toma conta da casa sou eu. Quero tudo muito dereito, muito respeito aqui dentro! Quero trabalho!

E séria:

— Tu não começa com idolatria, ouviu?

64

— Pronto! Lá vem a mulhé chorá outra vez – disse Inocência.

Durante a temporada de Cajapió falecera Figueira, que uma ou outra vez vinha antes visitar o casal e em cuja casa, de tempos em tempos, aos domingos, o professor e a mulher iam comer caranguejos ou torta de camarão.

Agora a viúva dera de aparecer. Vinha confraternizar no sofrimento com o dono da casa.

— Desculpe, seu Teixeira. Eu venho aqui porque só o senhor é capaz de compreender o meu sofrimento. O senhor sabe o que é perder uma pessoa que a gente estima.

O professor cofiava o bigode, sério, se lembrando do tempo em que precisava aconselhar Figueira a não abandonar a família.

— Um dia eu arrumo as malas e vou para o Amazonas, vou para o Xingu, para o alto Purus, para qualquer fim de mundo...

— Mas você tem filhos, Tomás.

— É o que me prende ainda. Mas não aguento mais. Enlouqueço! Aquela mulher me desespera. É um inferno da manhã à noite. Não posso comer, não posso ler *A Pacotilha*, não posso nem sentar. Implica com tudo. Me persegue a todo momento. É um inferno. Tudo é pretexto...

Seu Teixeira cofiava o bigode e ouvia.

— É muito duro a gente cair na viuvez, seu Teixeira. A falta que faz um homem! É o amparo, o apoio, a confiança. Quando eu me levanto de manhã e me lembro de que não vou encontrar o Tomás escovando os dentes (ele levantava sempre antes de mim, coitado...) penso que o mundo acabou. E eu que era tão apegada a ele! Porque o senhor sabe, há casais que não vivem bem. Eu não. Tomás me adorava. Nunca vi marido mais amoroso! E o carinho faz falta, o senhor sabe.

Enxugava lágrimas. Inocência aparecia com refresco de cajá, a revolta pulando pelos olhos afora.

– Ota mulher azarenta – dizia lá dentro a Dijana. – Cada vez que essa mulhé entra 'aqui eu tenho a impressão que vai acontecê uma desgraça. Mulhé mais asa-negra eu nunca vi...

D. Clara continuava, na cadeira de balanço, a lamentar-se da vida.

– O que mais me dói é ver a tristeza das meninas. O senhor não sabe o que é uma filha sem pai. Sabe de uma coisa, seu Teixeira? O senhor é capaz de não concordar, perdeu uma mulher que era uma santa. Mas eu tenho a impressão de que pai faz ainda mais falta do que mãe... Às vezes eu penso: por que é que Deus não me levou, em vez de levar o Tomás? As meninas dão pena, seu Teixeira. É de cortar o coração...

E continuava com longas minúcias a descrever o desamparo das filhas. Uma de três, outra de quatro anos. Tão bem comportadinhas, tão ajuizadas. "O senhor não vê uma delas levantar a voz!" Sim, tinha-se a impressão de que não havia ninguém em casa. Sempre quietinhas, sempre muito obedientes. "O senhor não encontra outras meninas no mundo tão assentadas, tão boazinhas..." Mas era de alancear a alma a tristeza delas. Fazia já quase seis meses. Ainda assim, não se esqueciam, não se consolavam. Estavam sempre procurando o pai, sempre perguntando por ele.

– Os seus não são assim?

Teixeira confirmava, melancólico. D. Clara continuava. Era, fora sempre contra segundo casamento. Mas havia ocasiões em que pensava não haver outro remédio. Teria de se casar outra vez, por causa das crianças, coitadinhas.

Paulinho ia passando.

– Como está grande, não, seu Teixeira? O senhor tem três meninos? Ah! O meu sonho era ter filhos homens. Menino dá muito menos trabalho e dá muito mais apoio. Se eu tivesse filho homem, talvez não sentisse tanta falta de Tomás...

E confidencial:

— Sabe de uma coisa? Eu até já pensei em adotar os filhos de um vizinho meu, lá na Rua do Egito, que ficou viúvo. É um senhor já velho, não pode mesmo cuidar das crianças. Eu ainda acabo fazendo isso. O senhor não imagina como eu sou doida por menino!

Olhava o retrato de d. Irene na parede.

— Era uma santa... Foi por santa que Deus a chamou... É isso... Nós que somos maus temos que continuar um pouco mais aqui na terra, penando...

E já se identificando com a morta:

— Eu tenho a impressão de que d. Irene devia ser como eu! Gostava de filho homem. Nesse ponto foi mais feliz: teve três...

65

Benedito ia se esfumando na distância. Pouco a pouco, pela dificuldade em ver o amigo, Paulinho procurava novas camaradagens. Mas agora havia algo que o prendia em casa. Dijana voltava a despertar-lhe as antigas curiosidades. Seus 15 anos sadios rebentavam em seios soberbos que lhe recordavam as antigas intimidades de Conceição. Quem lhe chamara a atenção para o caso fora Bertinho, numa ocasião em que lhe falara incidentalmente. Estava à porta da casa, ainda com os livros na mão, vindo da escola, em conversa com um colega de estudos, já de buço querendo escurecer o lábio. Dijana viera à janela chamar as crianças para o chá da tarde.

– Você agora tá com material de primeira, hein, Paulinho?

E pesaroso:

– Aqui em casa, não. Mamãe só escolhe empregada pela feiura. Se não for preta e bem beiçuda, não serve. Branquinha assim, nem que trabalhasse de graça...

O outro fez um comentário mais audacioso.

– Naqueles peitos, até eu virava bebê...

Paulinho sentou-se à mesa e demorou o olhar, com longuras de posse, no corpo da empregada. Pena ser tão luxenta. Nele não queria dar banho.

– Tu já tá homem demais... Toma o teu banho sozinho.

De fato, há muito que ele se banhava por conta própria. Mas não podia esconder a inveja de Tito, nem podia compreender a indiferença com que ele se deixava banhar, sempre com pressa de se ver livre, louco por brincar outra vez.

À falta de coisa melhor, ia ajudar. Segurava a toalha. Catava o sabonete que escorregava e corria no chão.

– Não joga água longe, Mina! Tu tá emporcalhando a casa.

E se regalava quando Dijana arregaçava as mangas, desnudando os braços roliços e a água, lhe borrifando no peito, às vezes desenhava mais nítidos os seios redondos. Mas debalde fazia alusões, em vão deixava cair vagas palavras que antes provocavam reação imediata. Chegou certa vez a tomar a iniciativa:

– Tu viu, Dijana, como o Tito tá ficando safado?

– Por quê? – perguntou Dijana, sem malícia.

– Quando ele sair eu te conto...

Mas acabou o banho de Tito e Dijana saiu com ele. Paulinho segui-a, esperançoso de que ela repetisse a pergunta. Mas Dijana se limitou a entregar-lhe a cuia.

– Vai tomá o teu banho. Água limpa já tem. E não molha muito o chão...

Paulinho vacilou um pouco.

– Tu viu como Tito tá ficando safado?

– Tá nada! Tu qué é conversa, pra gente se destraí e não te obrigá a tomá banho...

Inocência vinha chegando:

– É sim. Eu conheço esse malandro! Vai tomá banho, Paulinho.

Paulinho foi.

66

Paulinho tinha observado. Desde os primeiros dias vinha acontecendo. Cada vez que o portuguesinho da Padaria Vitória batia à porta ou simplesmente passava com a cesta de pães fresquinhos ou de doces, para entregar pela vizinhança, Dijana se alvoroçava. Corria à porta, para receber, ou ficava à janela. O rapazola piscava, ela sorria. Tudo era pretexto. Ela se prolongava na escolha dos pães, queria pão bem quentinho, pegava, largava, tornava a pegar. Joaquim dava-lhe tapas na mão.

– Não me suja o pão, menina!

Dijana ria. Garantia ter as mãos mais limpas do mundo.

– Eu não sou portuguesa, ouviu?

Joaquim pilheriava. E Paulinho já havia notado. Parecia o caso de Cajapió. A princípio eram os tapinhas, muito de leve, como em briga fingida. Logo a seguir ela deixava a mão, demorada, na cesta, e ele dava o tapa, mas de mão caída, ficando em cima num prolongamento de carícia. Ria Dijana. Joaquim ria.

– Tu não me machuca, ouviu? Não gosto de brincadeira com português. Português é muito bruto...

– Cal o quê! Tu gostas é de brutos mesmo!

– Não toma gosto comigo, hein? Não gosto de graça...

Mas gostava. Joaquim sabia. Paulinho sabia. Porque os dois sorriam, dentes magníficos nele, dentes magníficos nela, ela morena, ele muito vermelho, ela os olhos nos pães, ele os olhos nos seios.

– Este pãozinho é redondo que é um encanto, dá até vontade de comer...

– Ué, pão é pra comê mesmo – dizia Dijana.

Ele enchia o sorriso de intenções:

– Ah! e é?

– Então não havia de sê?

– Olha que eu como...

– Ué! Come... É do teu patrão mesmo...

Ele então apertava os olhos de malícia, alongando o lábio inferior:

– É do patrão, hein?

Dijana ficava séria:

– Não tem graça, ouviu? Apresentado!

Os dentes de Joaquim brilhavam, na boca sadia.

– Dou-te já uma tapona, m'nina!

– Dá! Quero ver!

– Olha qu'eu te parto a cara!

– Parte! Quero vê se tu é homem!

E oferecia-lhe o rosto. Joaquim a olhava.

– Não sei onde é que estou que não te dou... Uma tapona não digo...

– Dá...

– Não digo uma tapona. Mas...

– Dá... – insistiu ela, num desafio. – Quero ver...

– Já lhe disse que tapona, talvez não... mas...

– Não. Não muda de assunto. Tu disse que dava... Quero vê...

Joaquim passava a mão no queixo.

– Olha, que se não estivesse tanta gente a olhar...

– Ah! está com medo, não é? Eu sabia... Esses homens muitos valentes são assim mesmo...

Joaquim hesitava. Coçava a cabeça.

– Ai, Jesus, que eu não sei onde estou... Um dia um perde a cabeça...

– Perde nada! Português é burro, português não tem cabeça...

– É o que pensas! Pois olha: estás muito enganada! Há muito português inteligente... Ou queres me dizer que Pedro Álvares Cabral era burro? Se fosse burro não descobria o Brasil... Pensa que é fácil descobrir um país?

67

– Por que será que dizem que português não toma banho, hein, Inocência?

Atarefada, Inocência respondeu simplesmente:

– Sei lá!

Paulinho insistiu na pergunta, olhando de viés para Dijana, a ver o efeito. Dijana arrumava a mesa, não prestava atenção, cantarolava.

– Sempre ouvi dizer – repetiu a pergunta Paulinho. – Até tem uma anedota. Tu não conhece? Aquela do bode que trancaram com um português no quarto... O bode fugiu porque não aguentava o fedor...

E tornou a olhar Dijana. "Ai, minha caraboo...", cantava Dijana.

– Por que será, hein, Dijana?

– O quê? – perguntou ela distante.

Paulinho repetiu a questão.

– Sei lá! Eu não tenho nada com vida de português. Toma banho, toma. Não toma, não toma, ora essa! O que é que eu tenho com isso?

– Não. Tu deve saber... Tu anda sempre perto deles...

– Eu?

– Qué me dizê que não? E o sujeitinho da Padaria Vitória?

– Esse, toma...

Um clarão policial iluminou os olhos de Paulinho:

– Não disse?

– Não disse o quê?

– Que tu gostava do português?

– Ora, menino, não seja bobo!

E se abaixou para apanhar coisas no chão. De costas, o vestido se erguendo, Paulinho viu o começo de coxa que subia, branco e firme, pela saia adentro. Teve ódio do rapaz.

— Eu posso ser bobo, mas uma coisa eu sei: português não toma banho... Isso, ninguém me engana... A gente vê pelo cheiro... Só quem tem nariz tapado que não sente...

— Então eu tenho – disse Dijana irritada.

— Ué... Qué tê, tem, pior pra ti mesmo...

Levou distraidamente o dedo ao nariz.

— Mas eu nuca vi – disse Dijana –, nunca vi português metendo o dedo no nariz. Brasileiro eu tô vendo...

Aí o patriotismo de Paulinho se exacerbou:

— Tu viu, Inocência? Por causa de um português ela até ataca o Brasil...

E demorou os olhos, sem esperança, nos seios redondos, perdidos para a pátria.

68

Deviam ser muito mais bonitos, não podia haver dúvida. Os de Conceição eram negros. Os de Dijana seriam brancos, brancos como o rosto, como os braços, como as coxas benfeitas. E teriam biquinho no meio? Com certeza tinham. Devia ser bom de olhar. Ah! se a gente pudesse pegar, como ele pegara os da negra! Pena Conceição ter voltado para Barra do Corda. Ela, pelo menos, era mais amiga. Mostrava, deixava pegar. Não fazia luxo. Bastava não machucar. Machucando, ela zangava. Mas ele já não queria pegar, não fazia questão. Queria só ver. Ver como eram. Devia ser engraçado. De que cor o biquinho? Preto não podia ser. Saía leite? De algumas pessoas saía. Criança mamava neles. Mas ele nunca vira Dijana dar de mamar apesar de que o amigo de Bertinho estava disposto a virar bebê, se Dijana deixasse.

Ele não. Só queria ver. Os seios e o resto. Ainda havia de ver. Já mais de uma vez ficara esperando que ela se trancasse no quarto. Mas sempre havia gente perto, não era possível espiar pela fechadura. Ficava abrasado de curiosidade, mordendo os lábios, a passear pelo corredor, com ódio de Inocência, de Nhá Calu, dos irmãozinhos, imaginando, sabendo, tendo a certeza de que Dijana estava nua no quarto fazendo escorrer lentamente a água da cuia pelo corpo abaixo. Por que é que criança não podia dar banho em gente grande? Em Nhá Calu, não. Peito dela parecia jenipapo amassado. Se ela quisesse, tomasse banho sozinha. Mas Dijana ele podia ajudar. E se de repente desse uma coisa no braço dela, reumatismo, como Nhá Calu tinha algumas vezes, sem poder engomar, sem poder mover o braço? Dava o reumatismo na hora do banho. Dijana ficava sem poder levantar o braço para erguer a cuia, abria a porta para chamar Inocência, Inocência tinha saído, chamava Nhá Calu, Nhá Calu estava ficando cada vez mais surda, era até capaz de ter morrido (coitada...)

e então Dijana o chamava... Ele podia até prometer que não olhava, baixava os olhos, enchia a cuia, ia escorrendo a água no corpo dela, mas, como não estava olhando, a água caía fora da bacia. Aí ela dizia para ele prestar mais atenção, ele dizia que sem olhar ele não podia escorrer a água direito, ela então pedia para ele olhar, pra tomar mais cuidado, e só aí ele olhava, mas não contava pra ninguém. Será que ela tinha pelos também, como Conceição? Mas ele não puxava, não. Puxar, doía...

69

    Hostilidade era inútil. Paulinho viu logo. Resolveu aderir, passou a colaborar. Tudo era pretexto para aproximações. Apoiava Dijana, quando censurava os irmãos, prestava pequenos serviços, contava casos, dava relatórios. Chegava até a trazer notícias do Joaquim, era ele quem vinha avisar.

    – Joaquim veio trazer o pão, Dijana. Vai atender...

    A cada passo lhe falava no nome. No domingo Joaquim tinha saído todo chique, até tinha posto gravata.

    – Tu viu? Parecia o dono da padaria...

    Dijana ouvia de bom grado as referências. As críticas, as indiretas de Paulinho haviam desaparecido. Percebeu que, por aquele caminho, poderia haver mais futuro.

    – Ele é noivo teu?

    Dijana baixava os olhos melancólicos, sem responder. Paulinho achava que o rapaz queria ficar noivo. Mas ela precisava tomar cuidado. Não devia ser boba como Inocência, cujo noivo desaparecera, a caminho de Manaus.

    – Nunca mais escreveu! Pergunta pra ela... Noivo faz sempre assim... Vai embora e não dá mais notícia. Todo dia a gente vinha esperar o carteiro. Dava uma pena da Inocência...

    Agora havia uma camaradagem maior. E Paulinho aproveitava para lançar insinuações. Bertinho era menino muito atrevido, sem-vergonha mesmo. Ela não conhecia Bertinho? Era filho de seu Peçanha, aquele que morava na casa da frente. Bertinho era um menino muito à toa, vivia sempre dizendo coisas que não devia...

    – Ele não pode te olhar, começa a dizer essas coisas...

    – Diz o quê?

    Paulinho se revestia de mistério e discrição. Não ficava bem, não devia contar. Dijana se mostrava pouco interessada. Não insistia.

Ele começava a lançar a isca. Mas Dijana só tinha ouvidos para as referências a Joaquim. Bertinho devia estar inteiramente fora do seu mundo de cogitações.

– Aquele cara de rato?

E virava o rosto.

De modo que uma noite Paulinho preferiu ser mais positivo. Dijana estava particularmente bonita, os seios voltavam redondos de um passeio com Joaquim. Paulinho se aproximou como quem não queria, achou que tinha feito calor, não gostava de barulho de vento nas folhas das árvores, tinha horror à voz fanhosa que vinha de um gramofone da vizinhança. Mas olhava os seios.

– Tu conheceu Conceição?

– Conheci tantas... Tem mais de mil neste mundo.

– Não. Uma que trabalhou aqui...

Dijana ouvia falar vagamente. Paulinho informou que era pena Conceição ter ido embora. Gostava de crianças. Ela é quem dava banho nele. Naquele tempo ele ainda não tomava banho sozinho. Conceição era tão boazinha. E depois ela era engraçada, gostava de contar casos, tudo o que a gente queria ela fazia. Deixava a gente fazer desordem, não dava parte, era engraçada mesmo.

Ia, voltava, olhava, parava, andava outra vez. Conceição não era nada orgulhosa. Até brincava com as crianças. Por que é que Dijana não brincava também? Sim, ela não era criança, nem tinha tempo. Mas Conceição também não tinha e já era mocinha também. Já era mulher, tinha vestido meio comprido, tinha... tinha peito que nem mulher grande...

– Que nem tu mesmo...

– Que é isso, menino! Tenha modos!

– Ué! Por quê? Eu não disse nada de mais... Então tu não tem peito? Qué me enganá que não tem?

Dijana sorriu.

– Então a gente não vê? Até Bertinho já falou...

– Falou o quê?

— Ah! isso eu não posso dizer... Falou que tu deve ter um peito muito bonito, que dava até vontade da gente espiar...

— Eu não digo que essa criançada tá ficando sem-vergonha?

— Ah! eu disse pra ti... Bertinho é muito sem-vergonha... Ele toda hora fala no teu peito... que tu tem o peito redondinho... Até perguntou se tu já tinha me mostrado...

— O que, seu cachorrinho?

— Foi ele que perguntou. Eu disse que não... Mesmo que tu tivesse mostrado, eu dizia que não... Ele não tem nada com isso, não é?

Dijana olhou-o, séria.

— Mas espera aí, menino. O que é que tu tá dizendo? Então aquele porcariazinha foi te perguntá se eu tinha mostrado? O que é que ele pensa que eu sou?

— Ué! Nada... Mas todas mostram...

— Hein?

— Ele que disse. Eu falei pra ti que ele é sem-vergonha. Toda empregada que tem lá ele pede pra mostrá...

— E elas mostram?

— Algumas...

— O quê? Elas são assim tão vagabundas?

— O que é que tem? Não tem nada de mais... Conceição mostrava. Era só a gente pedi...

Dijana ficou assombrada:

— E tu pedia?

— Ué! O que que tem? É engraçado olhar... Só pra ver...

E bruscamente corajoso:

— Por que é que tu não deixa, hein?

— Tu devia criar vergonha, entendeu?

E se dirigiu para cozinha.

Ela não estava zangada, Paulinho vira. No princípio parecia. Mas não estava. Paulinho ficou ainda pela sala, de um lado para outro. De repente, animou-se, foi para a cozinha.

Dijana dava uma arrumação nas panelas.

— Joaquim nunca te pediu?
— Pediu o quê, menino?
— Pra vê?
— Não seja apresentado, ouviu?
— Ué!
E Paulinho ficou sem palavra. Súbito, inocente:
— Tem alguma coisa de mais?
— Tu pensa então que eu vou andá mostrando meu seio pra homem?
E Paulinho, repentinamente se enquadrando:
— Mas eu não sou homem, sou criança...
— Tu é mas é um sem-vergonha muito grande! Toma juízo, senão eu conto pra teu pai! Eu já venho notando. Nunca vi criança mais à toa! Nunca pensei! Pensa que eu não sei o que tu tá querendo fazê? Mas comigo não tem disso...
— Ué! Eu queria só ver... como os de Conceição...
— Eu sei... Só ver... Todo filho de patrão é isso mesmo. Mas do teu tamanho eu nunca tinha visto... Arre! Vai-te embora, senão eu dou queixa pra teu pai...
— Mas...
Dijana ergueu a voz:
— Seu Teixeira!
Paulinho suplicou, assustado. Não diria mais nada. E foi saindo, ressabiado. Mas agora coisa nova o intrigava. "Fazer" o quê? Ele pensava que era apenas ver. Chegou à sala. O pai lia, na cadeira de embalo. Acercou-se do pai, curiosidade ardendo no sangue agitado. Mas não. Perguntaria a outros. Perguntaria a Bertinho...

70

O carnaval estava perto. E na manhã seguinte a aproximação dos festejos tomava conta do Lanterna Verde. Máscaras expostas à porta, pacotes de confete, rolos de serpentina, caixas de bisnagas, tentação para os garotos. Paulinho, Tito e Mina olhavam maravilhados. Aquela máscara de sobrancelhas cabeludas dava para assustar meio mundo. Ah! que boas peças poderiam pregar a Nhá Calu! E aquela de cachorro? Era a preferida por Tito. Mina já achava mais interessante a meia máscara preta, de olhinhos estreitos. E se pudessem comprar sacos de confete? Pena faltar dinheiro! O pai nunca lhes dera dinheiro para o carnaval. Apenas comprara, no ano anterior, umas sacolinhas de confete que mal davam para começar. Felizes eram os filhos de seu Peçanha. Todo ano, serpentina, confete, máscaras, bisnagas. Alice, de tão boa, não quebrava as bisnagas vazias. Guardava-as para eles. Mas de que é que valia uma bisnaga vazia? Só para fingir... Como era bom ser filho de gente rica! Se Teixeira fosse rico, Paulinho havia de comprar todas as máscaras do Lanterna Verde. Até as mais feias. Punha uma de cada vez, sairia pelas ruas:

– Você me conhece?

E pregaria peças a toda gente. Iria a d. Militina, a Alice, a Maria Amália (quem andaria namorando agora?), aos meninos da casa de azulejos. Lástima Benedito viver tão longe! Ele poderia ajudar, fazer máscaras. Mas as máscaras de Benedito não podiam ser tão benfeitas. Aquela de pano, de beiço caído que a gente enfiava pela cabeça abaixo, era estupenda. Não se via nada. Era impossível a pessoa ser reconhecida.

– Com aquela, hein, Tito? Com aquela a gente podia fazer grandes pagodes...

Tito olhava, quase inteiramente vesgo:

– Que pena papai não ser capitalista, não, Paulinho?

71

Tito se aproximou, cauteloso, do irmão.

– Tu sabe o que d. Clara veio fazer hoje cedo?

Paulinho ignorava. Tito baixou a voz.

– Veio buscar dinheiro...

– E papai deu?

– Deu.

Paulinho ficou indignado. Então havia dinheiro para dar àquela velha antipática, de quem a própria Inocência, amiga de todos, não gostava? Com certeza a mulher queria comprar máscaras para as meninas, umas caras de macaco de assustar a gente. Ah! com toda a certeza! Mas para eles não havia dinheiro, nem adiantava pedir...

Aí Tito informou:

– O dinheiro era dela mesmo...

E explicou. A velha deixara com o pai um dinheirão para ele guardar. Ele tinha ouvido a conversa, dias antes. Ela trouxera o dinheiro, resto do que o marido deixara. Precisava economizar, senão ficaria logo na miséria. O melhor seria ter o dinheiro longe, não mais ao alcance da mão. Assim gastava menos. Quando precisasse, viria buscar. Por isso andava aparecendo quase todo dia.

– Ah! bem! – disse Paulinho mais tranquilo.

E julgou encerrado o assunto. Mas Tito continuou:

– Tem um dinheirão na gaveta de papai... Eu acho até que ele nem sabe quanto...

Dijana passou, Paulinho seguiu-a com o olhar. Fazer o quê?

– Aquele dinheiro dava pra comprar máscara que não acabava mais...

– É verdade – disse Paulinho. – Será que a boba da velha vai comprar?

– Ah! gente besta não compra...

E pensativo:

— Se fosse nosso, não?

Paulinho ficou triste:

— Mas não é... Eu sempre disse: pai da gente devia ser rico... Eu quando crescer vou ser bem rico. Filho meu quando me pedir dinheiro pra máscara eu dou... nunca nego...

Tito fez um ar vago:

— É melhor o pai dar do que os filhos tirarem; não é?

— Hein? – fez Paulinho, apanhando no ar a sugestão.

— Pois é – disse Tito, sério, o olho direito se deslocando.

Dijana tornou a passar. Paulinho não viu.

— Será que máscara é caro?

— Tem algumas bem baratas – informou Tito.

Mina passou correndo atrás de Arturzinho. Inocência achou que seu Teixeira estava demorando, tinha ido dar uma aula na Rua de São Pantaleão.

— Em que gaveta, hein, Tito?

— Naquela da esquerda...

— Hã...

Nhá Calu apareceu, começou a embrulhar punhos e colarinhos reluzentes, para mandar à casa de seu Peçanha.

— Mas papai fecha, não? Senão, pode entrar gatuno, não é?

Era. Inocência foi à porta, um vendedor de tainhas tinha batido palmas.

— Tomara que tenha tainha com ova – disse Tito.

— Eu gooosto...

Inocência voltou com o prato cheio de peixes, resmungando. Não se podia mais viver em São Luís, a vida estava cada vez mais cara. Camarão andava pela hora da morte. E não se conseguia mais nada. Fazia um mês que seu Teixeira estava com vontade de comer sernambis e ela não conseguia coisa que prestasse. Ele até podia pensar que era má vontade da parte dela. E não era. Ela era louca por sernambis, ninguém mais do que ela. Mas porcaria não havia de comprar, isso não...

– Pois é. Papai fecha – disse Tito. – E pendura a chave naquele preguinho da estante...

Paulinho se movimentou lentamente, foi à saleta, olhou:

– É mesmo...

72

Os dois saíram alvoroçados. Dentro em pouco seu Teixeira estaria de volta. O dinheiro ardia no bolso de Paulinho.

– Guarda tu – disse a Tito.

– Não. Guarda tu que é mais velho.

Por um triz Inocência não os surpreendera. E a chave ainda caíra no chão, fizera barulho. Já haviam antes sido interrompidos pela velha Calu, que precisava de portador para a casa de seu Peçanha.

– Pensa que a gente é negro dela... Velha mais sem graça...

Mas agora o dinheiro ardia em seu bolso. Ao pisarem na calçada uma senhora gorda os olhou. Paulinho ficou enregelado. Teve a impressão de que a mulher descobrira, que sabia tudo.

– Tu viu o jeito dela?

– Bobo... – disse Tito.

Mina apareceu à janela.

– Onde é que vocês vão?

– Até o quartel.

– Eu também vou.

– Não. Lugar de mulher é em casa. Sempre Inocência diz... Fica aí mesmo...

Arturzinho chamava Mina do interior.

– Será que Mina viu?

– Viu nada!

– Não era melhor esconder em algum lugar?

– Pra depois perder? Não. Guarda no bolso mesmo.

– É, mas...

A vontade de Paulinho era atirar o dinheiro fora. O pai estava para chegar. Se ele descobrisse, viria um tempo quente. Não seria melhor repor o dinheiro? Tornou a entrar, seguido de Tito, caminhou pelo corredor, foi até a varanda larga, a toalha na mesa, quase na hora do almoço.

— Estejam prontos – disse Inocência. – Assim que seu pai chegar, eu sirvo.

— Já está pronto o peixe? – perguntou Paulinho.

— Não. Não dá tempo. Fica pro jantar.

— Eu gosto de peixe – informou Tito.

Paulinho voltou à saleta. A chave, no prego da estante, imantava-lhe os olhos. O coração batia. Melhor seria devolver o dinheiro. Nisso ouviu um limpar de garganta, na porta da rua. Era o pai que voltava. Apavorado, fugiu da saleta. Teixeira entrou, alegre, elogiando o cheiro do almoço, brincando com os filhos:

— Meio-dia, panela no fogo, barriga vazia...

— Macaco torrado que veio da Bahia – completou Tito, muito pálido, se escondendo atrás de Nhá Calu.

Inocência chegou, com os pratos fumegantes. Teixeira lavou as mãos, sentou-se à mesa.

— Comer, criançada!

Tito, Mina, Arturzinho vieram chegando.

— Que fim levou Paulinho?

Paulinho se aproximou, de olhos fugitivos.

— Que é isso, menino? Andou fazendo alguma?

O garoto estremeceu.

— Eu não. Eu estava lavando as mãos.

— Esses olhos não me enganam – disse Teixeira risonho. – Daqui a pouco vem queixa da vizinhança.

E bem-humorado:

— Mas o Paulinho lavou espontaneamente as mãos, antes de vir para a mesa. Está perdoado, meu filho!

73

Acabado o almoço, Teixeira dirigiu-se para a saleta.

Como que arrastados, os dois filhos o seguiram.

– Eu fiz as contas direitinho – informou Paulinho trêmulo. – Só falta a caligrafia.

– Eu também – disse Tito.

O pai tirou o paletó de alpaca, depositou-o no espaldar da cadeira, descalçou os sapatos, Paulinho correu a oferecer-lhe os chinelos.

– Você vai ler, papai?

– Me dá esse livro de capa azul.

Os dois acorreram ao mesmo tempo. Tito chegou antes. Teixeira estendeu-se na rede, jogando longe a gravata, que Paulinho foi recolher e entregar a Inocência.

– Ih! Papai faz cada desordem! Mamãe sempre dizia...

– Vão brincar lá fora, meninos.

Os dois se entreolharam. A vontade era fugir. Mas ficar também. Sem saber como, nem por quê, ambos se sentiam presos à saleta. Paulinho apanhou um jornal, Tito ficou olhando as estantes. Súbito, Teixeira deixou a rede, apanhou a chave, abriu a gaveta. Os dois pareciam magnetizados. Teixeira remexeu a gaveta lentamente, deixou cair um papel no chão que Tito apanhou pressuroso, tirou algumas cartas e papéis, que pôs em cima da mesa, tomou notas numa folha tarjada de preto, começou a arrumar outra vez. Puxou um pouco mais a gaveta. O dinheiro apareceu. Estava em meia desordem. Teixeira segurou o maço de cédulas, examinou-as rapidamente e começou, com muito cuidado, a colocá-las em ordem, as de mais preço por fora, as de menor valor por dentro. Bateu-as a seguir contra a mesa. Depois, colocou-as de novo, com demoras, no lugar primitivo, deu novo jeito às cartas e papéis, fechou a gaveta, correu a chave, entregou-a a Paulinho.

– Pendure ali no prego.

– Que prego? – perguntou Paulinho, ainda atordoado, o coração na garganta.

74

Não haviam trocado palavras. A cena da gaveta desmantelara os seus nervos. Foi um alívio quando seu Teixeira a empurrou lentamente, correndo a chave.

— Vão brincar, meninos.

Saíram como autômatos. Como autômatos chegaram ao Lanterna Verde, os olhos deslumbrados nas máscaras penduradas à porta. Tito falou primeiro.

— Aquela é engraçada, não? Mas deve ser cara...
— Pergunta pra ele.
— Eu não. Fala tu...

Paulinho amarrotava no bolso a nota cujo valor desconhecia, apanhada ao acaso. Agora não ardia tanto, era mais dele, o pai não percebera, o perigo passara. Devia ser de dez tostões. A máscara custava menos. Ele podia comprar duas. Sim, porque Tito tinha direito também, a ideia fora dele.

— Tu queria alguma? — segredou a Tito.
— Aquela...
— Qual? A cara de cachorro?
— Não. A de enfiar pela cabeça...
— Mas Arturzinho vai morrer de medo...
— Morre nada... E tu?
— Eu não sei... Estou gostando mais da cara de cachorro. É a mais engraçada...

Um caixeiro se aproximou da porta, os dois se afastaram, olhando para outro lado, como interessado nos movimentos da sentinela, na guarita do quartel, apresentando armas, ruidosamente, a um oficial que passava.

— Quando crescer eu vou ser oficial — disse Paulinho, para dizer alguma coisa.

— Eu também – confirmou Tito.

Olharam de banda, o caixeiro se afastara.

— Aquela que parece de arame é também muita boa...

— É mesmo, fica rindo o tempo todo...

Veio uma preta, pediu dois sacos de confete, um lança-perfume e um nariz com bigode. O caixeiro atendeu-a rapidamente, a mulher pagou, foi saindo. Tão simples... pareceu dizer Tito, num olhar, ao irmão. Paulinho ficou também acompanhando a preta despreocupada. Quisera, escolhera, pedira, pagara e se fora. Encheu-se de decisão, aproximou-se, esboçando um gesto e um começo de fala.

— Quer alguma coisa?

— Não. Estamos olhando...

Tito encarou o irmão. E vendo que o caixeiro se voltara, indiferente, para outro lado, murmurou baixinho:

— Se tu tá com medo, me dá o dinheiro que eu compro...

— Medo, não. Eu ainda não escolhi...

— Mas escolhe de uma vez! A minha é a de enfiar pela cabeça. Pega logo a de cachorro!

Paulinho engolia em seco.

— Mas...

Dessa vez veio o dono da casa.

— Então, meninos? Vão querer?

— Aquela ali – apressou-se Tito.

— E a de cachorro – gaguejou Paulinho.

O homem retirou as duas máscaras, com uma naturalidade que pareceu espantosa aos meninos.

— Embrulho?

— Não. Não é preciso.

— Então pegue lá...

E entregou as máscaras a Paulinho, que estendeu a mão, trêmulo.

— Mil e duzentos.

— Hein?

– Mil e duzentos.

– Ah! sim!

Paulinho meteu a mão no bolso, estendeu a nota ao homem e se afastou quase correndo, seguido por Tito.

– Menino! Menino!

Paulinho parou, um frio na espinha, sem coragem de voltar a cabeça.

– Que pressa é essa, menino! Venha cá!

Cabisbaixo, foi chegando. Tito permanecia imóvel, pálido.

– Então você não quer levar o troco? Assim eu acabo rico muito cedo!

E derramou risonho, nas mãos de Paulinho, um punhado de moedas e cédulas.

75

Então veio o pavor. Paulinho estava desorientado. Que fazer com tanto dinheiro? E que fazer com as máscaras? Se aparecessem em casa, todo mundo ficaria desconfiado, veria logo. E o pior ainda era o dinheiro... Contou rapidamente. Quase 20 mil-réis. Devia ter tirado 20. Era uma verdadeira fortuna. Jamais vira, jamais tivera tanto dinheiro. Se o apanhassem com tamanha fortuna, estava perdido, irremediavelmente perdido.

– Jogo fora o resto?

– Tá doido! Guarda...

– Então eu vou pôr o troco na gaveta.

– Pra papai desconfiar?

Ambos se haviam encaminhado pra os lados do quartel. Dois soldados passavam, dirigindo graçolas a uma empregada qualquer.

– Olha a negra na janela... – disse um.

– Com uma cara de panela... – confirmou o outro.

E riram alto. Paulinho e Tito riram também, para encontrar apoio. A preta soltou um palavrão, deixando a janela.

– Olha a negra no portão – disse Tito.

– Com uma cara de fogão – rematou Paulinho.

Os soldados já estavam longe. Os dois irmãos se encararam de novo.

– E agora?

– Ué! – fez Tito, dando de ombros. – Agora é brincar...

– Mas como é que nós vamos aparecer em casa? Eles descobrem...

– Vamos pra Avenida Silva Maia. Lá a gente experimenta as máscaras...

A ideia pareceu plausível. Na avenida ajardinada não havia ninguém. Coração batendo, os dois experimentaram as máscaras. Só tinham um defeito: grandes demais. Postas elas, os dois começaram a rir.

– O senhor me conhece?

Alguém vinha se aproximando. Era um vendedor de rebuçados. Retiraram as máscaras, ficaram olhando o tanque.

– Compra uns rebuçados – disse Tito.

– Com que dinheiro?

– Ué! Tu já perdeu?

O homem dos rebuçados chegava.

– Compra – disse Tito.

– Olha os rebuçados – gritou o vendedor.

A compra foi rápida. Encheram-se os bolsos. Mais dinheiro miúdo também.

– Parece que o dinheiro tá aumentando... Eu não sei o que é que vou fazer com isso. Papai descobre...

– Olha aqui. O melhor é gastar. Vamos comprar umas bisnagas?

– O homem desconfia...

– Por quê? Todo mundo compra. Ele tem é pra vender mesmo... Tu não viu a preta? Se até preto pode, quanto mais nós que somos brancos...

Paulinho colocou a máscara de novo, pôs-se a latir: – Uau! Uau! Uau!

– Mas eu vou de máscara...

– Pra Inocência aparecer na janela e ver a gente? Tá bobo, seu...

A observação parecia justa. Paulinho escondeu a máscara na camisa, angustiado.

– Como é que a gente vai fazer, meu Deus?

– Ué! Em casa a gente esconde... A gente só brinca bem longe...

– Mas o engraçado era assustar Mina, Nhá Calu... Será que pondo a máscara elas reconhecem a gente?

– Põe a tua.

Paulinho obedeceu. Tito olhou-o, demoradamente.

– Reconhece, que eu sei. Pela roupa...

76

Sim, a solução era aquela: voltar ao Lanterna Verde, gastar o resto. O dinheiro queimava.

– A gente vai e compra logo duas bisnagas. Depois a gente espirra a bisnaga um no outro até acabar. Quando acabar, a gente vai pra casa.

Paulinho achou boa a ideia.

– Mas dessa vez quem compra é tu.

Tito concordou, Paulinho entregou-lhe uma nota. Voltaram ao botequim.

– Fala tu.

– Não. Tu é que está com o dinheiro.

– Não. Tu pede e eu pago. Cada um faz uma coisa.

Estavam novamente à esquina, hesitantes. Estendiam o olhar pela Rua do Sol, quase deserta. Ninguém às janelas. Só muito longe, a três ou quatro quarteirões, caminhava o vendedor de rebuçados, cantarolando tristonho.

– Bem, me dá o dinheiro – disse Paulinho decidido.

E para o rapaz em mangas de camisa e tamancos:

– Duas bisnagas.

– De quanto?

– Daquelas.

O rapaz entregou-as, recebeu o dinheiro, gracejando:

– Não fujam desta vez. Esperem o troco...

E tornou a derramar mais notas, níqueis e cobres nas mãos de Paulinho.

– Então me dá mais duas.

O caixeiro atendeu, apanhou-lhe na mão nova nota, foi à caixa registradora, voltou com mais dinheiro.

Os garotos se entreolharam de novo desesperados, enfiando cada qual, no bolso, as respectivas bisnagas. Tito tinha mais expediente.

– Tu te esqueceu do confete.

– Ah! é verdade. Me dá um pacotinho.

– De que cor?

– Qualquer.

– Mais nada?

– É só.

E estendeu a mão cheia de moedas para que o rapaz se pagasse. O caixeiro escolheu uma. A caixa tilintou. Mais moedas voltaram. Aí os meninos se dirigiram novamente para a Avenida Silva Maia. As moedas faziam volume e barulho na calça de Paulinho. Chegados ao tanque, de água verde-escuro, ele meteu, nervoso, a mão no bolso e atirou, como se estivessem em fogo, as moedas à água.

Tito olhou o irmão, espantado.

– O que é que tu tá fazendo?

E com profundo desprezo:

– Burro!

77

Já estava a casa alarmada. Os meninos haviam desaparecido. Inocência correra a vizinhança, fora à casa dos Peçanhas e de d. Militina. Dijana localizara-os quase no campo de Ourique, vinha cheia de reprimendas. Iam entrar no chinelo. Seu Teixeira estava preocupado, com medo de alguma coisa grave. Não deviam fazer aquilo. Criança nunca devia se afastar de casa. E quando saísse, devia pedir licença, devia avisar. Menino ajuizado era assim que fazia.

– É muito feio o que vocês fizeram. Vamos. Toquem pra casa. O mate está esperando.

Tito, ainda excitado, mostrou a Dijana:

– Olha o que nós achamos...

E exibiu as bisnagas vazias.

– E olha o que nós ganhamos – disse Paulinho, mostrando as máscaras.

– Quem deu?

– O homem do Lanterna Verde.

– Deu pra vocês? Não é possível!

– É que estavam estragadas...

De fato, a cara de cachorro estava toda amassada. E a máscara de Tito, já suja, fora rasgada na boca. Dijana, ainda assim, achou que estavam ótimas e festejou o acontecimento.

Agora compreendia. Por isso é que tinham fugido, pra brincar com as máscaras. Mas achava ainda mais feio o que tinham feito. Aquilo mostrava como eram egoístas. Em vez de irem brincar com os irmãos menores, em casa, fugiam.

– É que nós estávamos procurando as bisnagas vazias. Fomos até o Cuvão. Foi lá perto que a gente encontrou.

– Bonito, não?

– É, mas valeu a pena. Se a gente não procurasse, não achava, não podia brincar.

Apressaram o passo, vendo Inocência que fazia sinais junto ao Lanterna Verde. Ao se aproximarem, Paulinho e Tito estugaram o passo ainda mais, sem olhar para a esquerda.

– Já está pronto o mate? – perguntou Tito a Inocência.

– Já está até frio... Andem...

Paulinho, muito cordato, explicava a Dijana:

– De hoje em diante, quando derem máscaras pra nós, nós não fugimos mais, vamos brincar em casa. A gente não deve ser egoísta, não é?

– Senão Papai do Céu não dá mais – disse Tito. – Papai do Céu só ajuda quem reparte com os outros. A minha eu vou dar pra Mina.

E fulminou o Paulinho com o olhar, lembrando-se do dinheiro atirado no tanque.

78

Bem o dissera Tito, repetindo um conceito frequente de Inocência: Papai do Céu ajuda a quem reparte com os outros. Porque andavam de sorte. Eram achados e presentes a cada passo. O dono do Lanterna Verde de vez em quando lhes dava novas máscaras ligeiramente estragadas.

– Ele é engraçado – dizia Tito. – Gosta da gente... Diz que nós somos bonzinhos. Por isso é que dá...

– Mas a máscara está quase nova – aparteava Dijana.

– Mas ele é muito direito – explicava Paulinho. – Não sendo perfeita, ele não vende. Prefere dar, pra não vir reclamação...

– É assim mesmo que deve ser – comentava Nhá Calu. – Mas isso é muito raro no Maranhão.

E eram tubos de lança-perfume quase cheios, encontrados no largo do Quartel, rolos de serpentina caídos no chão.

– A gente não vai sair feito bobo procurando o dono – argumentava Paulinho. – Senão, qualquer esperto diz que foi ele quem perdeu... Bobo eu não sou.

– Nem eu – ajuntava Tito.

Mina olhava-os invejosa. Só ela não tinha sorte. Já estavam no domingo de carnaval e nada ganhara ainda. Postava-se longo tempo, de olhos compridos, à porta do Lanterna Verde, namorando as maravilhas. Nem uma vez o proprietário se lembrava dela. De outras vezes saía com Arturzinho, examinando calçadas, sarjetas e bueiros, corria o largo, contornava o quarteirão. Apenas confetes avulsos pelo chão. Nem uma bisnaga vazia. Nada que se aproveitasse. Felizmente os irmãos eram generosos, repartiam com fidalguia as prodigalidades do destino.

– Eu vou ver se ganho uma máscara de mulher.

Acabavam ganhando, que Papai do Céu ajudava os que ajudam os outros, bem dizia Inocência.

E os dias passavam, de abundância e fartura, de folguedos e festas. Haviam invadido a casa de seu Peçanha, corriam à casa de d. Militina, máscaras postas, "você me conhece?" Participavam do movimento intenso da rua, usando as máscaras, brincando com o povo. Eram os mais bem aquinhoados em toda a Rua do Sol. Nem os filhos de seu Peçanha, nem os meninos grandes da casa de azulejos dispunham de tanto material carnavalesco. Teixeira, sempre às voltas com classes, saindo muito para dar aulas particulares, mal tinha conhecimento da alegria que arejava a casa, espantando saudades, afastando antigas recordações que antes a cada passo repontavam.

– Meu Deus! Até no açucareiro tem confete – resmungava Inocência.

Mas os meninos, insatisfeitos, já não se conformavam com a sorte de apenas achar e ganhar, com a clandestinidade da aquisição. Queriam comprar. Queriam escolher. Era preciso ir com Dijana. Era preciso chegar em casa com a bisnaga ainda cheia. Era preciso passar a nova fase: achar o dinheiro, o dinheiro soberano que permite escolher e comprar, de cabeça erguida, à frente de todos. Mesmo porque o carnaval estava quase no fim.

79

— Mina — propôs Paulinho, na manhã de segunda-feira. — Vamos brincar de adivinhação?
— Vamos — respondeu ela com entusiasmo.
— Isso mesmo — disse Inocência passando. — Assim vocês fazem menos barulho.
E voltando-se para os garotos:
— Vamos ver quem adivinha: o que é, o que é, no ar é prata, no chão é ouro...
Paulinho pareceu contrariado, mas respondeu depressa:
— Ovo!
— Ora! Tu já sabia — disse Inocência. — Vamos ver outra. O que é, o que é, cai em pé, corre deitado...
— Eu sei — disse Tito.
— Então cala a boca. Responde tu, Mina.
Mina ignorava.
— Água! — cortou Paulinho.
Dijana interveio:
— O que é, o que é, na água não se afoga, no fogo não queima?
— Isso tudo é bobagem, a gente já sabe — disse Paulinho. — Assim não tem graça...
— Ué, se já sabe, responda — desafiou Dijana.
— É sombra — revidou o menino. — Mas adivinha dessas é besteira. Eu quero é brincar de adivinhar as coisas. Por exemplo: eu digo que tem uma barata no açucareiro e tem...
— Não tem — disse Inocência.
— Eu sei. Mas adivinha que eu conheço é assim: adivinhar as coisas que os outros não sabem, não é fazer perguntas que os outros já sabem, não é fazer perguntas que todo mundo conhece a resposta. Vamos brincar assim, Mina?

Mina aceitou.

— Olha — afirmou Paulinho —, eu sou o adivinho...

— Tá bem. Então adivinha alguma coisa...

Paulinho fingiu-se concentrar-se.

— Não. Aqui não. Vamos brincar na calçada. Lá na rua a gente não atrapalha ninguém.

— Boa ideia — concordou Inocência.

Chegados à calçada, Paulinho fechou os olhos, passou a mão na testa.

— Eu estou vendo... Eu estou vendo... Lá na saleta de pai tem um livro caído no chão.

Abriu os olhos:

— Vai ver, Mina.

A garota correu, voltou maravilhada confirmando. Tito sorria.

— Eu não disse? Vamos outra vez... Eu estou vendo... Eu estou vendo... Eu estou vendo dinheiro... Espera... eu não sei bem onde é que ele está...

Apertava a testa com a mão, como num grande esforço, os olhos fechados.

— Espera aí... Eu estou vendo dinheiro... Está perto de nós... Está aqui pertinho... E é muito... É uma nota... Espera! Espera! Está embaixo de uma pedra...

E de olhos fechados circunvagava o braço estendido, o indicador em riste.

— Estou sentindo cheiro de dinheiro... Tem dinheiro aqui perto. Ih! Vamos achar um dinheirão!

Os olhos de Mina brilhavam.

— Onde? Onde?

— Espera, espera! Não me atrapalha. Deixa eu sentir bem o cheiro.

E aspirava o ar.

— Bracadabra, bracadabra, bracadabra... Santo Antônio... São Jerônimo... Santa Bárbara...

De repente, abriu os olhos.

– Pronto! Já sei!

E apontando vitorioso para uma pedra semissolta no calçamento da rua:

– É ali! Vai ver, Mina! É ali! Garanto que é ali! Bracadabra, bracadabra!

Mina correu. Era impossível remover a pedra.

– Mentiroso!

– É porque tu não tem força – disse Tito. – Deixa ver se eu tiro.

Paulinho ajudou-o.

– Bracadabra, bracadabra...

De repente, Mina teve uma exclamação de deslumbramento. O dinheiro lá estava, uma nota dobradinha de cinco mil-réis.

– Ufá! Tu é danado, hein, Paulinho?

Ele sorriu modestamente.

– Eu sempre fui adivinho... Só que eu não queria que vocês soubessem...

Surgiu logo um problema. Como gastar o dinheiro? Em quê? Tito teve imediatamente uma ideia: Lanterna Verde. A sugestão foi aplaudida por Mina, que se julgava com direito ao dinheiro, pois fora a primeira a descobri-lo. Tito removera a pedra, tinha mais direito. Paulinho reivindicava a propriedade: o adivinho fora ele. Mas não houve luta. O dinheiro pertencia a todos. E cinco mil-réis tinham um grande poder aquisitivo. Pouco depois entravam em casa, triunfantes, reabastecidos do melhor material, desta vez novo em folha, nada de restos de balcão, nada de máscara amassada ou bisnaga já gasta.

– O que é isso, meninos? – perguntou Inocência alarmada.

– Nós compramos.

– Com que dinheiro?

– Nós achamos – disse Tito. – Pergunta pra Mina.

Ainda emocionada, ofegante, Mina confirmava. Eles tinham achado. Fora ela que vira primeiro. Era uma nota toda dobradinha.

Inocência acreditou. Mas ficou descontente. Primeiro deviam ter procurado o dono. Podia ser de algum pobre, aquele dinheiro podia estar fazendo falta.

– Pode até ser de alguma viúva...

– Que viúva nada – respondeu Mina. – Foi Papai do Céu que deixou cair pra nós. Toda noite eu rezo pra gente achar dinheiro na rua... Toda noite!

E convencendo Inocência:

– Tu não disse pra gente rezar que Papai do Céu atendia? Taí... Ele atendeu! Eu rezei, rezei, rezei, ele mandou...

80

Tinha sido imprudência. Logo depois do almoço, a rua já movimentada, os dois haviam entrado em casa com a maior naturalidade, agora não mais com uma simples bisnaga, mas cada qual com uma caixa de seis embaixo do braço. Tão tranquilos vinham que nem sequer haviam pensado em desculpa. Era quase rotina. Quando Inocência estranhou, quiseram ainda esconder, mas já era tarde.

– São caixas vazias? – perguntou Inocência.

– Hein? Como? Não...

Inocência ficou alarmada:

– Meninos! Meninos! Não vão me dizer que "acharam"...

– Um homem deu... – disse Tito.

Assustada, Inocência ironizou:

– O homem do Lanterna Verde, não é? Ele não vende, dá...

– Não – disse Paulinho, já dominando a situação. – Foi um homem da Rua Grande...

– Conta essa história direito, menino. Senão, tu tem que explicá pra teu pai quando chegá da lição...

À iminência do perigo a imaginação de Paulinho trabalhou rapidamente:

– Foi sim. Nós estávamos na Rua Grande olhando aquela quitanda que tem lá que vende máscaras. Apareceu um homem e começou a comprar, comprar, comprar. A gente tava olhando. De repente ele viu nós descalços, ficou com pena, pensou que a gente era pobre e deu...

– Pobre e bonzinho – disse Tito.

Inocência estava achando exagerado. Nhá Calu viera também e era de opinião que eles haviam roubado as caixas do Lanterna Verde. Tito garantiu que nem sequer haviam passado por lá aquela manhã. Dijana andava desconfiada. Estavam achando demais, estavam ganhando demais...

– Tu vai explicá isso pra teu pai – rematou Inocência.

– Ué! Se tu não acredita, vamos lá perguntá pro homem que deu. Eu sei onde ele mora...

– Não. O melhor é vocês conversarem com seu Teixeira. Tem havido milagre demais nesta casa – afirmou Nhá Calu.

– Eu converso, ué! – disse Paulinho. – Mas eu podia provar já. Por que é que a senhora não vai comigo agora mesmo na casa do homem? Um de bigodinho, com cara de bom...

Nhá Calu sorria sarcástica:

– Eu, não é? Com este reumatismo... Tu é sabido demais, menino.

– Se a senhora não pode, manda Inocência... Não é preciso amolar papai...

– Pois eu vou – disse Inocência. – Vamos lá. Quero vê se tu não tá mentindo. Se fô mentira, tu tá perdido com teu pai.

– Pois vamos – disse Paulinho decidido, sem fazer gesto para sair. – Vamos, ué! Eu não minto, não tenho necessidade de mentir. Se não acredita no que a gente diz, eu provo. É só ir lá comigo. Vamos já!

– Então vamos!

– Ué, vamos! – disse Paulinho, imóvel, mas firme.

– Onde é que o homem mora?

– Lá longe, na Rua Grande.

– Tu sabe a casa dele?

– Sei!

Ela o apanhou pelo braço:

– Vamos.

– Espera – disse Paulinho. – Deixa eu calçá o sapato...

Inocência estranhou. Calçar por quê? Ele já não estivera lá descalço? Não fugia sempre descalço? Pra que tais luxos agora?

– É, mas agora nós vamos na casa dele – disse Paulinho. – Eu não quero que ele pense que a gente é menino vagabundo...

Desconfiada, Inocência procurou descer-lhe pelo pensamento.

– Mas te apronta depressa.

– É já – garantiu Paulinho.

E com decisão foi à cozinha, trouxe uma bacia pequena, derramou água, sentou-se à cadeira, começou a lavar os pés. Nunca tivera os pés tão sujos. Não queria calçar, de modo algum, as meias, sem limpar os pés. Voltava-se para Inocência:

– Não tá acreditando, não é? Tu vai ver... Pensa que a gente precisa mentir... Ele deu porque quis... O dinheiro era dele...

E tornava a esfregar os pés, com cuidados maiores.

– Vamos! Calce a meia de uma vez!

– Espera... Quer que eu calce a meia com o pé molhado? Tu sempre implica comigo porque eu não enxugo os pés.

E com demoras novas se enxugava.

– Quando papai chegar eu vou contar que vocês xingaram a gente de mentiroso.

Inocência estava impaciente.

– Depressa, menino. Já está enxuto. Vamos logo. Eu tenho muito serviço na minha frente!

Paulinho ia começar a calçar-se.

– Meia furada? – perguntou a Inocência.

– Não amola, menino! Calça!

– Ué! eu calço. Eu tô só falando... Dijana disse que ia consertar, não consertou...

Alisava carinhosamente a meia no pé, estendendo a perna.

– De agora em diante eu vou andar só calçado, pra não pensarem que a gente é moleque...

Nhá Calu voltara do quarto de engomar, olhava-o num misto de ironia e de espanto.

– Não pense que eu não estou querendo ir. Estou só me arrumando. A senhora querendo vai também...

E sentindo bruscamente que toda demora só poderia prejudicar e que era preciso uma decisão heroica, dessa vez calçou os sapatos rapidamente, pôs-se no meio da sala, chamou Tito.

– Vem tu também. Tu pode vir descalço, tu é criança.

E para Inocência, resoluto, encaminhando-se para a porta.

– Vamos!

Inocência o acompanhou. Paulinho caminhava com a impressão de quem ia se atirar num despenhadeiro. Perdido por um, perdido por mil. Já à porta, Inocência o deteve:

– Onde é?

– Lá na Rua Grande. Lá embaixo. Vamos...

– O home deu mesmo?

Paulinho pressentiu a vitória:

– Não. Não deu. Eu roubei. Vou pra cadeia!

– Tu jura que ele deu?

– Eu estou dizendo que eu roubei – disse Paulinho. – Dei dois tiros no homem, tomei as caixas e fugi... Vamos lá. Tu ainda encontra o homem estendido no chão...

Aí Inocência pareceu mais tranquila:

– Tá bem... Eu só queria saber se tu tava dizendo a verdade. Tava muito esquisito... Não se dá coisa assim... Mas agora eu já vi. Vai tirá o sapato...

Paulinho mal acreditou. Mas reagiu:

– Não. Agora eu não ando mais descalço, eu já disse...

81

Terça-feira chegara. Desde cedo estava em agitação a Rua do Sol. As meninas de seu Peçanha não se continham de entusiasmo. Iam brincar na Praça João Lisboa. Passavam os primeiros de máscaras, fazendo graçolas, piruetando pela rua.

– Você me conhece?

Pondo as máscaras, os garotos ganharam a calçada, bisnaga na mão. Crianças de nariz e bigode, moleques olhando com inveja, criadinhas de saia colorida, ainda trabalhando mas já vivendo o carnaval. Grupos vinham do campo do Ourique, assobiando, trilando, cantando, pulando.

Uma que outra vez, um mascarado graúdo, de cara assustadora, punha os pequenos em fuga. Mas logo a alegria voltava, o mascarado inofensivo. Paulinho sabia, mesmo, que máscara não queria dizer nada. Atrás ficava a cara de todo dia, cara de gente boa. Toda gente era boa, só queria brincar.

Dijana tinha umedecido um pedaço de papel de seda vermelho, pintando as maçãs do rosto.

– Não faz isso, Dijana – recomendou Inocência. – Seu Teixeira pode não gostar...

– Tu acha? – perguntou Dijana incrédula.

E dando de ombros:

– Carnaval é pra todos...

Seu Teixeira, a rede balançado, rangendo nos ganchos, lia tranquilo, mergulhando nos livros, indiferente aos cantos, aos apitos, aos barulhos da rua. De raro em raro, gritava pelos filhos, para se certificar de que andavam por perto. O filho convocado, em plena excitação, escondia a máscara, apontava o nariz na porta:

– O senhor chamou, papai?

– Onde é que vocês estão?

– Vendo o carnaval.

– Não saiam da calçada.

– A gente não sai, não, papai. A gente tem juízo...

Seu Teixeira mal havia tirado os olhos do livro. E sem olhar o garoto, recomendava cuidado e voltava à leitura.

82

Por volta de 11 horas, um acento desconhecido na voz, Teixeira gritou por Inocência.

Ao ver o patrão, a preta estremeceu. Algo de grave acontecera. Teixeira estava pálido, o rosto transtornado. Havia papéis no chão, a mesa em desordem, uma das gavetas aberta, com tudo revirado por dentro. Nunca Inocência o vira tão agitado.

– O que foi, seu Teixeira?

Ele mordia o bigode, como fazia sempre, nos momentos de preocupação ou de angústia.

– Alguém de fora andou aqui por casa?

– Que eu visse, não.

– Alguém mexeu na minha mesa?

– Eu não vi, não senhor.

Teixeira voltou a revolver a gaveta, apanhou um maço de notas, contou, desorientado, o dinheiro, abriu outras gavetas onde apenas guardava cartas, manuscritos, coisas sem maior importância.

– Está faltando alguma coisa?

– Se está faltando?

Tinha o desespero nos olhos.

– Se está faltando? Ora essa! Claro que está! Eu fui roubado!

A preta recuou, assustada.

– Roubado?

Teixeira agitou o maço de notas.

– Olhe aqui! Roubaram o dinheiro de d. Clara! Está faltando mais de cem mil-réis!

Àquela revelação, Inocência deixou cair o queixo. Cem mil-réis eram uma fortuna. Era o que ela ganhava em meses de trabalho, dinheiro para comprar dez vestidos, dinheiro para 20 viagens ao Itapicuru. Julião sempre dizia que, quando ajuntasse cem mil-réis, se casaria com ela.

— Não pode ser, seu Teixeira!

Mas podia ser. Mas tinha sido.

— Chame Nhá Calu. Chame a Dijana!

Segundos depois, as três mulheres estavam em sua presença, pálidas de espanto. Quem entrara na saleta? Quem mexera na mesa? Alguém entrara na casa? Inocência continuava muda. Dijana jurava por Deus. Foi quando Nhá Calu sorriu:

— Ah! Agora eu entendi... Agora eu sei por que é que os meninos têm achado tanta bisnaga, têm ganho tanto máscara nesses últimos dias...

83

As palavras de Nhá Calu abriram os olhos de todos. Um inquérito rápido reconstruiu tudo. Os meninos andavam sempre achando dinheiro na rua, trazendo coisas para casa. Pouco antes Paulinho viera com aquela história do homem bom da Rua Grande... E tinha sido tão sem-vergonha que até se aprontara para levar Inocência à casa dele, para confirmar... E a toda hora eles apareciam com máscaras que diziam dadas por seu Cotrim, dono do Lanterna Verde.

Mortalmente ferido pela surpresa, que desabava sobre sua vida, ainda não querendo acreditar, Teixeira jogou longe as chinelas, calçou rapidamente os sapatos, correu para a esquina. Ao chegar ao Lanterna, hesitou. Um preto bebia cachaça, a cozinheira do seu Peçanha comprava duzentos réis de massa de tomate. O pudor de expor diante de estranhos a desonra doméstica embargou-lhe a palavra. Não queria que seu Cotrim soubesse o que se passara. Assumiu um ar vago de comprador interessado, pôs-se a examinar as máscaras.

– Manda alguma coisa? – perguntou seu Cotrim.

– Estou olhando...

– O carnaval está bravo lá em casa, hein? – disse risonho o vendeiro.

– É verdade – disse Teixeira, sem uma pinga de sangue no rosto, vendo já naquelas palavras a confirmação do que não desejava. – O carnaval parece que está animado este ano – acrescentou com um sorriso mal armado.

– Ah! nunca vi um carnaval assim... – afirmou o negociante. – Nunca tive um ano tão bom...

E querendo ser amável com o vizinho:

– Até os seus meninos estão virando uns foliões de marca maior...

Teixeira procurou sorrir novamente:

– É... eles são levados...

E desviando o olhar para um renque de máscaras:

– Como estão caras, este ano...

– Tudo anda caro – disse Cotrim. – Já ninguém pode viver no Maranhão, eu sempre digo. Mas a culpa não é nossa. A gente já recebe tudo caríssimo! O senhor está vendo essa cara de gato igual à que o Paulinho levou hoje cedo? Pois olhe: o ano passado eu vendia por cinco tostões. Este ano, eu recebi por dez... A gente tem de vender mais caro, é evidente! Depois, querem dizer que a gente é ladrão... Ladrões são eles, os patifes!

Teixeira fechou os olhos, como se uma lambada houvesse riscado o espaço.

E como um cão corrido:

– Está bem... Eu vou indo... Bom carnaval, seu Cotrim.

– O mesmo pro senhor, seu Teixeira.

84

Quando Teixeira voltou do Lanterna Verde, já os meninos o esperavam, recolhidos por Inocência e Dijana. Paulinho chorava, a um canto. Tito, os olhos muito arregalados, acompanhava os movimentos do pai.

– Ih! Arturzinho fez cocô na calça!

E correu solícito, feliz pela evasão, para chamar Inocência.

Mordendo o bigode, sem olhar os filhos, Teixeira voltou a abrir a gaveta, retirou de novo o dinheiro, contou-o lentamente. Estava sentado na cadeira de palhinha, que ocupava junto à mesa, quando escrevia. Fechou os olhos, num gesto de desespero, os cotovelos sobre a mesa, apoiou a testa na palma direita e a cabeça foi descendo, prensada contra a mão espalmada, que lhe apertava os cabelos revoltos. Ficou naquela posição, imóvel, um tempo que a Paulinho pareceu infindável. Tito voltara, tangido por Nhá Calu. Arturzinho chorava na sala de jantar. Mina, junto à rede, olhava sem entender.

– Tira o dedo do nariz – disse Tito a meia voz, querendo ser útil.

Teixeira tinha agora o rosto mergulhado nas duas mãos. E o rosto subia e descia, esmagado contra as mãos e as pontas dos dedos como que lhe faziam massagens rotativas contra os olhos.

Paulinho se lembrou do dia em que lhe morrera a mãe. Seu Teixeira ficara exatamente daquele jeito, na sua desamparada perdição.

85

O maior sofrimento dos garotos era que seu Teixeira não batia. Ainda nem sequer tomara conhecimento dos filhos. Paulinho e Tito, apesar da crescente segurança que a impunidade vinha trazendo, admitiam, a espaços, a hipótese de serem descobertos.

– Ih! se papai descobre, a gente apanha até virar manteiga!

– Pra mim, ele abre a cabeça da gente com pau – disse Tito, avaliando bem a gravidade da espantosa aventura em que se haviam metido.

Mas o pai, de maneira incompreensível e inesperada, nada fazia. Ainda nem mesmo pusera neles os olhos. Parecia imerso numa angústia sem limites.

– Será que foi muito dinheiro? – pensou Paulinho preocupado.

– Será que vão prender a gente? – pensava Tito. – É capaz de botarem a gente nos Educandos...

E a visão dos garotos a atirar pedras no Bode, sob as maldições do maluco, arrepiou-lhe a penugem da pele. Os moleques dos Educandos davam-lhe sempre uma dolorosa impressão de abandono e tristeza.

Teixeira, porém, não os via. Ergueu-se, com um longo suspiro, foi à janela, por onde entravam os cantos e o trilar sem fim da rua agitada, fechou-a com pausas, quase como um autômato. A saleta escureceu. A princípio, quase nada se via. Depois, os contornos foram se desenhando, os móveis surgiram, um livro aberto no chão, a rede murcha, mais além, a chave. Tito, pressuroso, apanhou-a.

– A chave, papai.

Como fora da vida, Teixeira estendeu a mão, pegou a chave, olhando o filho como se fosse um desconhecido, os olhos sem ver. Depois, deixou-se cair na cadeira de palhinha e mergulhou o rosto nas mãos.

– Dois filhos ladrões, meu Deus! Dois filhos ladrões!

E as lágrimas que Paulinho vira tão poucas, na morte da mãe, desciam, agora, abundantes, dos olhos do pai.

86

Paulinho aproximou-se, quase sem ruído.

– Papai, bate na gente.

Teixeira ergueu lentamente a cabeça, olhou o garoto em silêncio. Seus olhos desciam pelo filho adentro. Os olhos doídos. Os olhos feridos. Os olhos desamparados. Querendo ler o que o filho pensava, o destino do filho. Como fora possível? Era há vários dias. Durante vários dias os meninos haviam mentido, haviam roubado. E nada havia percebido, nada notara. Como haviam chegado àquela perfeição prematura, àquele cinismo tranquilo? Que seria deles mais tarde? E se d. Clara viesse de repente buscar todo o dinheiro? Como se arrumaria para pagar? E como dizer-lhe a verdade? Era a desonra. A própria mulher não acreditaria na versão. Desconfiaria era dele. Quem admitiria que duas crianças, em poucos dias, pudessem dar sumiço a uma fortuna daquelas?

– Bate, papai...

Seria cinismo outra vez? Ou remorso? Pela primeira vez Teixeira falou:

– Você sabe o que fez, meu filho?

Com os olhos vermelhos, Paulinho fez com a cabeça que sim.

– Você sabe o que acontece com quem... com quem rouba?

Paulinho ficou olhando o pai, sem responder.

– Sabe o que acontece?

Paulinho continuou calado.

– Sabe?

E voltou-se para Tito. Os olhos esbugalhados, Tito lambia os lábios secos.

– Vamos, responda! Sabe?

Tito agitou a cabeça.

– Fale, menino!

— Sei...

— Então diga!

— Vai pra cadeia...

E as primeiras lágrimas de Tito rebentaram, muito grossas, rosto abaixo.

Na saleta agora clara, onde os barulhos da rua entravam, sem repercussão, a voz de Inocência chegou forte:

— Não mexe aí, Arturzinho! Você derruba essa bilha!

Teixeira se levantou, fechou a porta. A penumbra voltou.

— Fique de pé ali no canto, Paulinho. Cara pra parede. E você, Tito, ali...

Positivamente eles não podiam entender. O pai era chinelada fácil para todas as pequenas travessuras, puxão de orelha para a menor desobediência. Agora se limitava a suspirar e a passear pela sala, as mãos nas costas, os dedos trançados, a cabeça baixa.

87

Veio um almoço mudo. Arturzinho e Mina haviam comido na cozinha. Inocência fechara todas as janelas da frente e o rumor cada vez mais intenso do carnaval chegava agora esbatido, algumas notas esporádicas, mais fortes, sacudindo a casa, clarins que passavam, gritos em falsete.

Inocência viera de mansinho avisar que estava servido. Sua voz doce ganhara uma suavidade nova, uma discrição de carícia materna.

Teixeira levou a mão à testa, com aquele jeito seu de repuxar, para a direita e para a esquerda, a pele onde as primeiras rugas se desenhavam, o polegar apoiado com força à têmpora direita. Caminhava pela saleta.

– Pra mesa, meninos.

Os dois se voltaram ao mesmo tempo.

– Mesa – disse Teixeira.

Sentaram-se em silêncio. Teixeira tomou da colher, começou a fazer os pratos.

– Pirão?

– Eu estou sem fome, papai – disse Paulinho.

Teixeira olhou para Tito.

– Eu também.

Sem dizer mais palavra, o pai preparou os dois pratos, serviu os filhos, indicando com um gesto que começassem. Paulinho tomou do garfo, sem vontade, o garfo seguro pela ponta, espetado no pirão de peixe, catando sem interesse uma ou outra casca de tomate, enroladinha, que apontava na massa. Dijana passou, o rosto rosado pelo papel vermelho, um jeito de sarcasmo nos olhos muito negros. Pela primeira vez Paulinho teve ódio dos seios de Dijana. Se ela os mostrasse, algum dia, ele daria um beliscão para doer.

Teixeira pusera uma posta de peixe cozido no prato e também não comia. Separava, distraído, a pele cor de estanho da carne que se desfazia.

– Comam. Cuidado com as espinhas.

E outra vez levando a mão à cabeça, testa acima, voltou para a saleta.

Paulinho e Tito se entreolharam.

– Eu acho que a gente vai apanhar é depois – disse Tito preocupado.

88

Mina e Arturzinho, por ordem do pai, tinham sido levados para a casa de d. Militina.

– Não vá dizer o que houve – recomendou ele.

– Então o senhor acha? – disse Inocência quase ofendida.

Os dois mais velhos tinham voltado para a saleta, outra vez de rosto contra a parede revestida de papel estampado.

– Criança de hoje é isso, credo! – tinham ouvido Nhá Calu dizer, quando passaram. – Me admira é seu Teixeira não moer eles de pancada...

Mas seu Teixeira não moía. Tinha ímpetos de fazer um longo sermão, levá-los a compreender a gravidade do que tinham feito. Era coisa que não se castigava com pancada. Era coisa para matar um pai de vergonha. Mas não conseguia falar. Doía demais ouvir em voz alta o que ele mesmo pensava, o terror de que aquele ato fosse a revelação de uma deformação profunda do caráter, de uma tendência horrível para o crime. Tão pequenos e já tão perdidos. Procurava se convencer de que o fato não era tão grave. Aquilo era natural na inconsciência infantil. E os próprios requintes de simulação eram compreensíveis naquela idade. A criança passa naturalmente pelo período da mentira. Todas as más qualidades do adulto brotam espontâneas na vida infantil e se eliminam com o tempo e a educação: a crueldade, a hipocrisia, o instinto de rapina. Mas isso era fácil de dizer e pensar, quando se tratava de filhos alheios, quando se pensava a frio. Não dos próprios filhos. A possibilidade de vê-los crescerem para os maus caminhos enchia o seu coração de um desespero incontrolável. Viu os dois meninos de costas, Tito coçando o lado esquerdo, à altura da barriga, como se nada tivesse acontecido. Teve outra vez a impressão de cinismo e um impulso de agarrar os dois e fazer o que Nhá Calu preconizava. Desabar sobre eles, de pancada.

"Ladrões! Ladrões!" Lembrou-se de que, quando mentia em pequeno, seu pai costumava espancá-lo com fúria, como se a mentira fosse o maior dos crimes, e, quanto mais apanhava, mais mentia e parecia provar naquilo uma volúpia nova. Curara-se, com o tempo, quase sem o sentir. E veio-lhe à mente a vez em que roubara dinheiro do cofre materno para comprar um sabiá. O pai não lhe batera também. E ele agora se revia no olhar apavorado do pai, quando deu pelo roubo.

– Você fez isso, meu filho? Vá contar a sua mãe que ela tem um filho ladrão...

89

Os meninos continuavam imóveis contra a parede. Teixeira não falava. Tirou os óculos e começou a limpá-los, vagarosamente, com a ponta da gravata preta, que usava desde a morte da esposa. Pigarreou, como quem queria falar, ergueu-se, parou junto aos filhos, os dois se encolheram, esperando o castigo. O carnaval chegava da rua, confuso, amortecido, meio informe. Tornou a limpar a garganta, apanhou o chapéu, saiu para a rua.

Mal saiu, Nhá Calu entrou na saleta, o ferro de engomar nas mãos, soprando as brasas.

– Grandes sem-vergonhas! Sim, senhor!

Inocência apareceu.

– Deixa eles, Nhá Calu. Já estão de castigo.

A velha encarou-a com raiva.

– É por isso que eles não prestam. Fazem uma vergonha dessas e seu Teixeira não faz nada. No meu tempo quem fazia isso levava uma surra de pau que não se levantava por um mês. Ah! se fossem meus filhos!

E voltou resmungando para o quarto onde trabalhava.

Inocência esperou vê-la sair.

– Tu viu, Paulinho, o que tu fez? Teu pai é capaz de morrer de vergonha... Tu precisava ver a cara dele, coitado.

Paulinho, sem se voltar, enxugou uma lágrima.

– E tu, seu safadinho – disse, dirigindo-se a Tito. – Garanto que foi ideia tua...

– Minha, não – afirmou Tito, trêmulo.

– Não foi tu? Diz a verdade, pestinha...

Tito não respondeu.

– Inda bem que tua mãe não tá viva... Ela não merecia ver uma coisa dessas...

E ouvindo ruído de passos de seu Teixeira que voltava:
– Olha, Paulinho, pede perdão. Promete que tu não faz mais isso, nunca mais...

90

Paulinho notou, com o rabo do olho, a palidez do pai. Parecia muitos anos mais velho, os ombros caídos, a cabeça baixa. "Ah! se o papai batesse. Era muito melhor..."

Teixeira entrou em silêncio, soltou uma das pontas da rede, enrolou-a, vagaroso, prendendo-a no armador ao lado da mesa.

Depois, dirigiu-se a uma das estantes, tirou de cima um livro enorme, que era seu gosto mostrar, quando tinha visita. Apanhou o livro, que pesava muitos quilos – era preciso o esforço conjugado de Paulinho e Tito para carregá-lo – e colocou-o sobre a mesa. Foi depois ao interior da casa, trouxe várias Pacotilhas, empurrou o livro para um lado, estendeu um jornal sobre a mesa, pôs o livro no meio, começou a embrulhá-lo.

– Inocência?

– Sim, seu Teixeira? – respondeu, de pronto, Inocência, alerta pela vizinhança.

– Traz um barbante.

Segundos depois ela estava de volta.

– Serve este?

Teixeira terminou o embrulho, sobraçou-o com esforço, ganhou a rua de novo.

Quando bateu a porta, Paulinho caiu nos braços da negra, sacudido por um pranto convulso.

– Ele foi vender o livro, Inocência!

Dias antes Paulinho vira uma visita oferecer dinheiro grosso pelo volume raro. E ouvira o pai dizer, orgulhoso:

– Por dinheiro nenhum deste mundo, meu velho! Por dinheiro nenhum!

Inocência olhou-o, séria:

– Tu viu o que tu fez, tu viu?

Paulinho baixou os olhos.

A grossa mão da negra acariciou-lhe os cabelos:

– Até foi bom, meu filho. Agora tu aprendeu. Tu não vai mais dar desgosto ao teu pai. Tua mãe devia era estar viva pra ver. Tu agora vai ser um homem...

Voltou-se para Tito:

– E tu também, bicho danado!

Tito mordeu os lábios. Mina surgiu da rua, correndo atrás de um gato. Paulinho deixou-se cair na cadeira de embalo, enxugando as lágrimas. Um clarão iluminou os olhos de Inocência. Dirigiu-se, o passo rápido, para as janelas. Abriu-as.

Estonteado, surpreso, Paulinho encarou-a, sem entender.

– Foi teu pai quem mandou.

Os cantos e alegrias da rua enchiam a casa.

Orígenes Lessa: um romance da inocência

Orígenes Lessa escolheu para *Rua do Sol* um dos mais, se não o mais difícil dos temas: a infância. "Descoberta" da literatura moderna, a criança, até muito recentemente ausente da literatura – a não ser como "comparsa" superficial e, sobretudo, artificialmente concebido –, continua, todavia, a aparecer raramente como tema central de romances, estando bem longe de ter alcançado a fortuna que, neste sentido, conheceu o adolescente.

Nada há neste fato que nos deva surpreender. Pela sua própria condição, a vida da criança está encerrada dentro dum círculo limitado de interesses, que dificilmente permite a estruturação dum enredo; a multiplicidade dos interesses, mais a simultânea dispersão e, digamos, o seu caráter evanescente, a "distração" da criança, a liberdade da sua imaginação, muito mais significativa, na criança, do que a ação – eis motivos mais que suficientes para explicar o número reduzido de romances da infância, pelo menos no plano da "grande" literatura.

E há, ainda, uma razão muito forte para que assim seja: a profunda sensibilidade, a capacidade de penetração "emotiva" indispensáveis ao autor que pretenda povoar um romance de crianças sem cair no erro de lhes atribuir uma psicologia de gente grande. Só o poderá conseguir aquele que tenha guardado em si um veio de inocência tão grande que lhe permita "pôr entre parênteses", como dizem os fenomenologistas, a experiência do adulto e remergulhar na própria inocência perdida. Mas isto implica ao mesmo tempo a capacidade de não contrapor à amargura, à fealdade, à melancolia da experiência do homem "feito" uma imagem idealizada, que lhe faça supor a infância com um halo de pureza que de modo algum corresponde à realidade. Porque a "inocência" da infância não está em ignorar seja o que for, mas na forma "desinteressada" como a criança procura desvendar os segredos da realidade.

Precisamente, só na literatura moderna a criança podia aparecer na sua autenticidade – e só na literatura dos países moralmente evoluídos, isentos de uma ou outra das censuras que nos outros vedam ao escritor a sinceridade, a objetividade necessária para não fazer das crianças uns "anjinhos" sem curiosidades sexuais, por exemplo. É precisamente a inocência da criança que não permite, nos países sujeitos a preconceitos religiosos ou a convencionalismo tido como moralidade, a sua entrada na literatura do plano da autenticidade que caracteriza obras como esta *Rua do Sol*.

Orígenes Lessa não escreveu talvez um "romance", no sentido que lhe dão as definições habituais do gênero; e, creio, não o poderia fazer, conforme já acima insinuei, exigindo o romance, sob qualquer das suas formas, em qualquer dos seus variados tipos, um contraponto de ação e análise, de descrição e aprofundamento, de expressão subjetiva e objetiva, que está evidentemente fora de questão em se tratando da infância. *Rua do Sol* não é o romance de Paulinho, mas uma série de relances da sua descoberta da vida. A criança só pela imaginação domina a realidade: um enredo, em romance deste gênero, nunca poderá ser senão um pano de fundo sobre o qual os episódios se destacam.

A verdade dos caracteres é por força, num romance da infância, substituída pela autenticidade das emoções, exatamente porque não há ainda "caráter", tal como ele se pode definir em relação ao homem, e mesmo ao adolescente. E, em *Rua do Sol*, esta autenticidade das emoções é o que constitui, pela sua intensidade e delicadeza, o valor essencial da obra. Se ela faltasse, de nada valeriam as grandes qualidades "literárias" que fazem do romancista de *O feijão e o sonho* um dos melhores escritores brasileiros contemporâneos.

Essa autenticidade, da qual não beneficia apenas o "herói", mas todos os seus pequenos companheiros de jogos e de curiosidades, dá ao livro aquele "ponto exato", a igual distância duma idealização e duma falsa objetividade. Orígenes Lessa tampouco infantilizou como "adultizou" demais o seu pequeno herói; soube deixá-lo "intato" no bem e no mal, inteiro na inocência com que investiga os segredos da escrita e os mistérios do sexo. Soube fazê-lo mentir e dizer a verdade com igual verossimilhança, dando-nos, com tanto amor como objetividade, uma imagem cheia de vida do pequeno maranhense e do seu mundo em que as cruas realidades da vida vão alimentando, a pouco e pouco, uma consciência sequiosa de "constatações", que por sua vez se tornam novos estímulos para a imaginação.

Livro admiravelmente escrito, naquela permanente "troca" entre a "língua errada do povo" e o sentido do estilo que é a marca do autêntico escritor, *Rua do Sol* ficará sem dúvida como um dos livros mais ricos da literatura brasileira de ficção neste setor tão difícil, e que exige uma rara aliança entre as virtudes do romancista e as do poeta. O poeta, sozinho, talvez não tivesse coragem de ir tão longe na análise como nos capítulos admiráveis sobre o roubo do dinheiro para gastar no carnaval; mas o romancista, sem o poeta, não teria sabido exprimir a infantilidade da lição de inglês ao filho do leproso. Um romancista e um poeta, juntos, puderam dar-nos um livro excepcional, porque os domínios dum e do outro não são incompatíveis, bem pelo contrário.

A parte a dar aos adultos é sempre, quando os heróis são crianças, um problema quase insolúvel. Orígenes Lessa não tornou inteiramente convincente a figura de seu Teixeira e de dona Irene, cuja presença fica, em relação aos filhos, talvez demasiado esbatida. Mas, precisamente, se assim não acontecesse, não iria sofrer a autenticidade dos pequenos heróis do romance? Seria possível conciliar os dois planos? A sua presença era contudo indispensável, e não havia talvez outra coisa a fazer senão deixá-los nessa distância que só perdem nos momentos culminantes, como a morte da mãe, e os capítulos do roubo. E não seria a "verdade" sobre os pais incompatível com a "autenticidade" dos filhos? Quero dizer: caberiam, no mesmo livro, igualmente "certos", grandes e pequenos? Receio bem que não.

Adolfo Casais Monteiro

Glossário de palavras, nomes e expressões

Abicadouro [p. 135 – Moradores amigos, no a. das canoas]: ponto da margem dos rios onde as embarcações podem abicar (ancorar).

Agregada [p. 29-30 – Passava roupa, ajudando Nhá Calu, a. da casa]: pessoa que, sem ser parenta, mora com uma família como se fosse integrante dela.

Alancear [p. 171 – Mas era de a. a alma a tristeza delas]: ferir, golpear com lança ou à maneira de lança.

Almanaque de Bristol [p. 119 – apanhou um *A*.]: referência ao almanaque publicado pela empresa norte-americana Lanman & Kemp-Barclay & Co. Inc., de produtos de higiene e perfumaria, muito popular nos países da América Latina e no Brasil nas primeiras décadas do século XX.

Amolante [p. 76 – Eta criança a. esse Arturzinho!]: que importuna, que aborrece; maçante, enfadonho.

Amolar [p. 21 – eu queria, quando o Bertinho chegasse, começar a ler pra ele não me a. mais]: causar ou sofrer aborrecimento; aborrecer(-se), importunar(-se).

Anágua [p. 72 – Já usava a.]: peça íntima que as mulheres usavam sob o vestido; saia de baixo.

A nau Catrineta [p. 62 – Sabia *A*. Recitava os desafios de Inácio da Catingueira]: referência ao romance popular *A nau Catrineta* (narra em verso um episódio lendário envolvendo o ataque, por corsários franceses, à nau Santo Antônio, em que viajava do Brasil para Lisboa, em 1565, Jorge de Albuquerque Coelho, filho do fundador da capitania de Pernambuco), de autoria anônima, recolhido por Almeida Garret e incluído em seu *Romanceiro*, no século XIX.

Apresentado [p. 52 – Ele anda muito a.]: sem discrição; saliente, atrevido.

Arrelia [p. 19 – Se não vão fazer a., podem]: contenda, rixa; confusão.

Assestar [p. 25 – Uns a. o fuzil e faziam fogo – pum! pum!]: pôr na direção de; apontar.

Auscultar [p. 39 – ele tinha o direito de a. o peito, o coração]: escutar partes do corpo humano utilizando um aparelho médico a fim de identificar e diagnosticar sintomas de doenças.

Babaçu [p. 117 – Olhassem o b. Ainda seria a salvação do Estado. O algodão. A carnaúba]: palmeira de até 20 metros de altura, produz frutos oblongos, comestíveis, de sementes oleaginosas, de vários usos industriais, inclusive pelas folhas e fibras, de que se fazem obras trançadas.

Bacuri [p. 20 – Não é tempo de b., não é?]: árvore da família das gutíferas, comum da Amazônia ao Piauí, produz frutos de polpa amarelada, usados para refrescos e doces.

Baladeira [p. 122 – perguntou o amigo, b. na mão]: arma ou brinquedo infantil para atirar pedras ou objetos afins; o mesmo que estilingue ou atiradeira.

Bátega [p. 48 – Entrou com as primeiras b. pesadas]: chuva torrencial; aguaceiro.

Beladona [p. 125 – uma tigela com algumas doses de b.]: erva ramosa, da família das solanáceas, altamente venenosa, cultivada para uso medicinal em homeopatia.

Bento que bento [p. 77 – Brincou o b., foi maxambomba, foi dono de barco]: forma reduzida de bento que bento é o frade, brincadeira infantil também conhecida por boca de forno.

Bico-de-lacre [p. 122 – Pedrinho trazia um b. de cabeça estourada]: ave passeriforme, de porte franzino, cor pardacenta e bico de cor vermelha intensa, como revestido de lacre.

Bilros [p. 96 – Deixavam-se os cadernos, os ferros de engomar, as panelas, as costuras, os b.]: peça de madeira, similar a um fuso, usada para fazer rendas em almofada própria.

Boi-cavalo [p. 119 – Gente a cavalo passava. Gente em b.]: bovino utilizado como montaria; boi de sela (comum no Pará e no Maranhão).

Bufar [p. 21 – Agora Bertinho não b. mais comigo!]: fazer reclamação; zangar-se; contar vantagem.

Cabeção [p. 73 – seus seios quase pulavam fora do c.]: gola, geralmente bordada ou rendada, da parte superior de certos modelos de camisa de mulher.
Cabeleira [p. 62 – de lá trouxera as histórias do C.]: Referência ao bandido pernambucano José Gomes, apelidado O Cabeleira, tido como o precursor do cangaço, protagonista do romance homônimo de Franklin Távora.
Cabrocha [p. 31 – Dona Esmeraldina, uma c. gorda]: mestiça de negro com índio ou branco; mulata.
Cajá [p. 171 – Inocência aparecia com refresco de c.]: fruto da cajazeira, de cor alaranjada, polpa resinosa, ácida, comestível e saudável, de inúmeros usos medicinais.
Caleça [p. 95 – É uma c. que anda sem cavalos]: tipo de carruagem com quatro rodas e dois assentos, puxada por dois cavalos; caleche.
Camapus [p. 144 – Descobrira um matinho rico de c.]: erva ramosa, de flores amarelas e bagas em forma de cálice anguloso de onde se sorve uma seiva licorosa, calmante e depurativa.
Caraboo [p. 144 – Paulinho assobiava a *C.*?]: referência a *Caraboo, amores de uma princesa*, canção original norte-americana de Sam Marshall (1913) adaptada pelo cançonetista Alfredo Albuquerque, gravada por Orestes de Matos, sucessso do carnaval de 1916 no Brasil.
Carão [p. 89 – O menino ouvia o c.]: repreensão, advertência, bronca.
Carnaúba [p. 117 – Olhassem o babaçu. Ainda seria a salvação do Estado. O algodão. A c.]: palmeira de até 15 metros, nativa do Nordeste, o fruto tem polpa comestível, usada em doces e farinha, da amêndoa se extrai óleo, o seu produto mais importante é a cera, que se obtém das folhas.
Carro de manha [p. 76 – O "c." já começou]: criança excessivamente manhosa.

Catirina [p. 59 – A C. era uma negra do Codó que depois tomou veneno]: personagem feminina de maior destaque no bumba meu boi, caracterizada por temperamento alegre e brincalhão.

Chavelho [p. 100 – vestido de vermelho, tinha c. e barba]: apêndice ósseo na cabeça de certos animais; chifre.

Chernoviz [p. 110 – Conhecia de ponta a ponta o C. e o *Vade-mécum homeopático*]: referência a Pedro Luiz Napoleão Chernoviz (nome abrasileirado do físico polonês Piotr Czerniewicz, que migrou para o Brasil no século XIX), autor do *Dicionário de medicina popular e das ciências acessórias*, muito usado pelas famílias brasileiras a partir de 1842, quando foi lançado.

Chibatear [p. 28 – E c. o seu coração, quando o incluía entre os demais]: fustigar ou bater com chibata.

Circunvagar [p. 205 – E de olhos fechados c. o braço estendido]: fazer movimento circular; vagar ou andar em torno; rodear.

Cobre [p. 45 – Agora os meus c.!]: o mesmo que dinheiro (usado geralmente no plural).

Cofo [p. 40 – Pensou em vender carvão, os c. pendendo nos extremos da vara]: tipo de cesto de vime, menor do que o balaio.

Creolina [p. 65 – a calçada toda molhada do banho de c.]: designação comercial de um composto de óleo de alcatrão, sabão de resina, fenol e outras substâncias antissépticas e germicidas, usado como desinfetante.

Dar parte [p. 28 – Outro dia ela foi d. pra mamãe que eu tinha rasgado a cortina...]: o mesmo que delatar, denunciar.

Delibar [p. 16 – Durante semanas ficaram antecipando e d. as alegrias e presentes]: saborear, degustar algo ou desfrutar de um prazer (no caso, em sentido figurado).

Derréis [p. 54 – Aqui ainda circula o *d.*]: O mesmo que "dez réis", na linguagem popular da época (referência ao tempo em que o mil-réis era a base unitária do real, no período em que esta moeda circulou no Brasil pela primeira vez, antes de ser substituída pelo cruzeiro, em 1942).

Escandir [p. 125 – Raimundinho e. as palavras]: destacar as sílabas ao articular as palavras.

Escrutar [p. 36 – Vinha de olhos e., maldosos]: procurar conhecer o que não se sabe ou revelar algo que está oculto.

Estatelar [p. 36 – Paulinho ficou e. diante do absurdo]: fazer ficar ou ficar estarrecido, atônito; ficar imobilizado de espanto.

Faceirar [p. 72 – Pronto, vai f. pra tua mãe]: mostrar-se elegante no trajar; adornar-se, enfeitar-se.

Fandango [p. 35 – É mais um pro f.]: baile popular; confusão barulhenta.

Fazer mal [p. 53 – Inocência contava que um noivo tinha f. à irmã dela no Itapicuru]: fazer perder a virgindade; deflorar, seduzir.

Ficar no tempo de João Lisboa [p. 54 – O Maranhão estava paralisado. F.]: referência ao jornalista, historiador e político maranhense João Francisco Lisboa (1812-1863), patrono da cadeira 18 da Academia Brasileira de Letras.

Foba [p. 146 – E ele é todo cheio de f.]: pessoa que demonstra arrogância, que conta vantagem.

Folha de flandres [p. 163 – Inocência apareceu com o bauzinho de f.]: chapa de ferro laminado, coberta por uma camada de estanho, com diversas aplicações, como a fabricação de latas e outros utensílios.

Gaforinha [p. 52 – Era um preto alto, a g. repartida ao meio]: cabelo que se avoluma sobre a testa; topete.

Grosseira [p. 72 – Ih! Tu tá com g. outra vez]: lesão cutânea passageira, semelhante à urticária.

Guaribão [p. 62 – *Encontrei um homem, / Feito um g.*]: aumentativo de guariba, o mesmo que bugio, nome comum a várias espécies de primatas; macaco.

Igarapé [p. 98 – entrou pelo i. de margens barrentas]: riacho que nasce na mata e deságua em rio.

Inácio da Catingueira [p. 62 – Sabia *A nau Catrineta*. Recitava os desafios de I.]: referência ao lendário escravo negro e poeta popular natural de Catingueira, na Paraíba (cerca de 1845-1881).

Interter [p. 64 – Por que o senhor não vai ler, seu Teixeira? Livro i.]: forma popular (corruptela) do verbo "entreter", isto é: distrair, desanuviar.

Jaçanãs [p. 132 – Pedrinho foi num sítio buscá as j.]: ave de hábitos aquáticos, o mesmo que frango d'água azul (muito apreciada na culinária maranhense, compõe o prato típico chamado arroz de jaçanã).

Jerimum [p. 67-68 – um barco parado na areia, de velas enroladas, cor de j.]: o mesmo que abóbora (fruto).

João-gome [p. 70 – pôs-se a picar o "j." que ficara em cima da mesinha.]: erva da família das portulacáceas, de folhas oblongas e flores terminais, também conhecida como língua de vaca.

Laura-rosa [p. 25 – o inimigo surgia atrás da grande l. carregada de flores]: arbusto venenoso, da família das apocináceas, de folhas lanceoladas e flores róseas, muito cultivada como ornamental (também conhecida como "espirradeira").

Levado da breca [p. 56 – Menino mais intrometido, mais l.]: travesso, bagunceiro.

Língua do mundo [p. 51 – Inocência tinha medo da l.]: a língua de quem fala mal dos outros; o mesmo que língua afiada, língua de palmo, língua de trapo, língua viperina.

Mangar [p. 45 – Bertinho m.]: zombar, debochar.

Maracás [p. 59 – fogueiras lambendo a noite, m. chacoalhando, matracas batendo]: chocalho de origem indígena, feito de uma cabaça seca, desprovida de miolo, na qual se colocam pedras ou caroços, usado em festas e cerimônias religiosas.

Marcialíssima [p. 25 – Empunhava o instrumento imaginário, trombeteava em atitude m.]: superlativo do adjetivo "marcial", isto é, que diz respeito à guerra, a militares ou a guerreiros; bélico.

Matracas [p. 59 – fogueiras lambendo a noite, maracás chacoalhando, m. batendo]: peça de madeira com uma plaqueta ou argola que se agita barulhentamente em torno de um eixo, usada como instrumento litúrgico durante a quinta-feira e sexta-feira da Semana Santa.

Maxambomba [p. 77 – Brincou o bento que bento, foi m., foi dono de barco]: corruptela do inglês *machine pump*, veículo ferroviário urbano de transporte de passageiros, constituído de locomotiva de cabine descoberta, que puxava dois ou três vagões (um veículo desse tipo, tido como o primeiro do gênero na América Latina, foi inaugurado no Recife em 1867).

Morfético [p. 103 – Lá tem m.?]: pessoa que sofre de morfeia (hanseníase ou lepra).

Pacotilha [p. 50 – Velhos números da *P.* transformaram-se em barcos]: referência ao jornal maranhense *A Pacotilha*, do século XIX.

Paneiro [p. 44 – oferecendo um p. de sapotis]: espécie de cesto.

Parlendas [p. 61 – Conhecia de cor todas as p., xácaras e desafios]: declamação poética para crianças, acompanhada por música.

Partida [p. 44 – sua pintura vingava-o de suas frequentes p.]: ação ou dito que encerra gracejo ou brincadeira; treta.

Pau [p. 20 – É p. esperar aniversário, não?]: que causa aborrecimento; maçante, cansativo.

Pejado [p. 129 – p. de ironia e despeito]: carregado, cheio, repleto.

Pidonho [p. 60 – Não seja p., menino, é feio!]: pessoa que pede muito; pidão.

Piques [p. 87 – O p. era numa das portas da Padaria Vitória]: nas brincadeiras infantis de pega-pega, o pique ou piques é o único ponto, escolhido de comum acordo, onde a criança está a salvo.

Pixaim [p. 30 – um risco seco de baba no canto da boca, o p. revolto]: tipo de cabelo encarapinhado; pixa.

Pojado [p. 110 – mamavam no peito p. das mães adormecidas]: intumescido, inchado.

Quebranto [p. 106 – Ele queria botar q., fazer mal à gente]: para a superstição popular, efeito nocivo que o olhar de certas pessoas produz em outras (especialmente em crianças).

Rebuçado [p. 38 – elogios e um ou outro pacote de r.]: doce feito de calda de açúcar endurecida, com essências de vários sabores, que se vende embrulhado em papel.

Recalcitrar [p. 27 – Tito r.]: demonstrar resistência para obedecer; não ceder; obstinar-se.

Rechinar [p. 98 – As rodas ou o eixo r. ao sol]: produzir som estridente e áspero; ranger, chiar.

Regougar [p. 47 – r. blasfêmias, cuspinhando no chão]: produzir fala áspera e rouca com a garganta.

Reinar [p. 30 – "já está r., criança dos demônios?"]: fazer travessuras; brincar, bagunçar.

Remoque [p. 73 – não percebia a razão do r.]: insinuação maliciosa; dito picante.

Rezingar [p. 81 – Banhava-o rapidamente, r. sempre]: discutir, discordar, polemizar.

Sabatinar [p. 34 – S. o irmão]: recapitulação oral de lições escolares através de perguntas e respostas; prova oral.

Sincronizar [p. 44 – ao desenhar s. com efeitos de som, para maior realismo]: tornar (uma ação, um movimento, um exercício) sincrônico, isto é, fazer ocorrer precisamente ao mesmo tempo.

Sortida [p. 150 – inventando s., fazendo pilhérias]: ataque, assalto, investida.

Sucuri [p. 57 – No Amazonas tem s., tem muita onça]: cobra de grandes proporções, que pode chegar a dez metros, de hábitos aquáticos, alimenta-se de vertebrados; anaconda.

Surrão [p. 62 – *Neste s. me meteram*]: vestuário gasto e sujo.

Taboca [p. 131 – Paulinho montou numa t. e desceu a rua]: vara de bambu.

Timbrar [p. 28 – t. em parecer ajuizado]: demonstrar orgulho ou satisfação de si mesmo, de suas qualidades ou intenções; ufanar-se.

Toada [p. 39 – uma t. que divertia nos jogos, mas entristecia]: aquilo que é captado pela audição, que podemos ouvir; ruído, som.

Tomar gosto [p. 17 – O Paulinho tá me t. – afirmou Tito]: adquirir um hábito, um vício, uma mania.

Vade-mécum homeopático [p. 110 – Conhecia de ponta a ponta o Chernoviz e o *V*.]: o mesmo que *Manual de medicina homeopática* ("vade-mécum", termo latino, significa literalmente "vem comigo", designa qualquer tipo de livro especializado, de uso muito frequente, que o usuário costuma carregar sempre consigo).

Valhacouto [p. 110 – As touceiras de bananeiras eram um susto permanente, v. de cobras]: abrigo, esconderijo.

Varejão [p. 98 – continuaram num barco menor, empurrado a v.]: vara comprida com que se impulsiona a embarcação em águas rasas.

Xácaras [p. 61 – Conhecia de cor todas as parlendas, x. e desafios]: canção narrativa de versos sentimentais, de origem árabe, outrora popular na península Ibérica [*A nau Catrineta* (ver neste glossário) é uma xácara].

Nota biográfica

Orígenes (Ebenezer Themudo) Lessa foi um trabalhador incansável. Publicou, nos seus 83 anos de vida, cerca de setenta livros, entre romances, contos, ensaios, infantojuvenis e outros gêneros. Como seu primeiro livro saiu quando ele contava a idade de 26 anos, significa que escreveu ininterruptamente por 57 anos e publicou, em média, mais de um livro por ano. Levando em conta que produziu também roteiros para cinema e televisão, textos teatrais, adaptações de clássicos, reportagens, textos de campanhas publicitárias, entrevistas e conferências, não foi apenas um escritor *full time*. Foi, possivelmente, o primeiro caso de profissional pleno das letras no Brasil, no sentido de ter sido um escritor e publicitário que viveu de sua arte num mercado editorial em formação, num país cuja indústria cultural engatinhava. Esse labor intenso se explica, em grande parte, pela formação familiar de Orígenes Lessa.

Nasceu em 1903, em Lençóis Paulista, filho de Henriqueta Pinheiro e de Vicente Themudo Lessa. O pai, pastor da Igreja Presbiteriana Independente, é um intelectual, autor de um livro tido como clássico sobre a colonização holandesa no Brasil e de uma biografia de Lutero, entre outras obras historiográficas. Alfabetiza o filho e o inicia em história, geografia e aritmética aos cinco anos de idade, já em São Luís (MA), para onde a família se muda em 1907. O pai acumula suas funções clericais com a de professor de grego no Liceu Maranhense. O menino, que o assistia na correção das provas, produz em 1911 o seu primeiro texto, *A bola*, de cinquenta palavras, em caracteres gregos. A família volta para São Paulo, capital, em 1912, sem a mãe, que falecera em 1910, perda que marcou a infância do escritor e constitui uma das passagens mais comoventes de *Rua do Sol*, romance-memória em que conta sua infância na rua onde a família morou em São Luís.

Sua formação em escola regular se dá de 1912 a 1914, como interno do Colégio Evangélico, e de 1914 a 1917, como aluno do Ginásio do Estado, quando estreia em jornais escolares (*O Estudante*, *A Lança* e *O Beija-Flor*) e interrompe os estudos por motivo de saúde. Passará, ainda, pelo Seminário Teológico da Igreja Presbiteriana Independente, em São Paulo, entre 1923 e 1924, abandonando o curso ao fim de uma crise religiosa.

Rompido com a família, se muda ainda em 1924 para o Rio de Janeiro, onde passa dificuldades, dorme na rua por algum tempo, e tenta sobreviver como pode. Matricula-se, em 1926, num Curso de Educação Física da Associação Cristã de Moços (ACM), tornando-se depois instrutor do curso. Publica nesse período seus primeiros artigos, n'*O Imparcial*, na seção Tribuna Social-Operária, dirigida pelo professor Joaquim Pimenta. Deixa a ACM em 1928, não antes de entrar para a Escola Dramática, dirigida por Coelho Neto. Quando este é aclamado Príncipe dos Escritores Brasileiros, cabe a Orígenes Lessa saudá-lo, em discurso, em nome dos colegas. A experiência como aluno da Escola Dramática vai influir grandemente na sua maneira de escrever valorizando as possibilidades do diálogo, tornando a narrativa extremamente cênica, de fácil adaptação para o palco, radionovela e cinema, o que ocorrerá com várias de suas obras.

Volta para São Paulo ainda em 1928, empregando-se como tradutor de inglês na Seção de Propaganda da General Motors. É o início de um trabalho que ele considerava razoavelmente bem pago e que vai acompanhá-lo por muitas décadas, em paralelo com a criação literária e a militância no rádio e na imprensa, que nunca abandonará. Em 1929 sai o seu primeiro livro, em que reuniu os contos escritos no Rio, *O escritor proibido*, recebido com louvor por críticos exigentes, como João Ribeiro, Sud Mennucci e Medeiros e Albuquerque, e que abre o caminho de quase seis decênios de labor incessante na literatura. Casa-se em 1931 com Elsie Lessa, sua prima, jornalista, mãe de um de seus filhos, o também jornalista Ivan Lessa.

Separado da primeira mulher, perfilhou Rubens Viana Themudo Lessa, filho de uma companheira, Edith Viana.

Além de cronista de teatro no *Diário da Noite*, repórter e cronista da *Folha da Manhã* (1931) e da Rádio Sociedade Record (1932), tendo publicado outros três livros de contos e *O livro do vendedor* no período, ainda se engaja como voluntário na Revolução Constitucionalista de 1932. Preso e enviado para a Ilha Grande (RJ), escreve o livro-reportagem *Não há de ser nada*, sobre sua experiência de revolucionário, que publica no mesmo ano (1932) em que sai também o seu primeiro infantojuvenil, *Aventuras e desventuras de um cavalo de pau*. Ainda nesse ano se torna redator de publicidade da agência N. W. Ayer & Son, em São Paulo. Os originais de *Inocência, substantivo comum*, romance em que recordava sua infância no Maranhão, desaparecem nesse ano, e o livro será reescrito, quinze anos depois, após uma visita a São Luís, com o título do já referido *Rua do Sol*.

Entre 1933, quando sai *Ilha Grande*, sobre sua passagem pela prisão, e 1942, quando se muda para Nova York, indo trabalhar na Divisão de Rádio do Coordinator of Inter-American Affairs, publica mais cinco livros, funda uma revista, *Propaganda*, com um amigo, e um quinzenário de cultura, *Planalto*, em que colaboram Mário de Andrade, Sérgio Milliet, Tarsila do Amaral e Di Cavalcanti. Antes de partir para Nova York, já iniciara suas viagens frequentes, tanto dentro do Brasil quanto ao exterior – à Argentina, em 1937, ao Uruguai e de novo à Argentina, em 1938. As viagens são um capítulo à parte em suas atividades. Não as empreende só por lazer e para conhecer lugares e pessoas, mas para alimentar a imaginação insaciável e escrever. A ação de um conto, o episódio de uma crônica podem situar-se nos lugares mais inesperados, do Caribe a uma cidade da Europa ou dos Estados Unidos por onde passou.

De volta de Nova York, em 1943, fixa residência no Rio de Janeiro, ingressando na J. Walter Thompson como redator. No ano seguinte é eleito para o Conselho da Associação Brasileira de Imprensa

(ABI), onde permanece por mais de dez anos. Publica *OK, América*, reunião de entrevistas com personalidades, feitas como correspondente do Coordinator of Inter-American Affairs, entre as quais uma com Charles Chaplin. Seus livros são levados ao palco, à televisão, ao rádio e ao cinema, enquanto continua publicando romances, contos, séries de reportagens e produzindo peças para o Grande Teatro Tupi.

Em 1960, após a iniciativa de cidadãos de Lençóis Paulista para dotar a cidade de uma biblioteca, abraça entusiasticamente a causa, mobiliza amigos escritores e intelectuais, que doam acervos, e o projeto, modesto de início, toma proporções grandiosas. Naquele ano foi inaugurada a Biblioteca Municipal Orígenes Lessa, atualmente com cerca de 110 mil volumes, número fabuloso, e um caso, talvez único no país, de cidade com mais livro do que gente, visto que sua população é atualmente de pouco mais de 70 mil habitantes.

Em 1965, casa-se pela segunda vez. Maria Eduarda de Almeida Viana, portuguesa, 34 anos mais jovem do que ele, viera trabalhar no Brasil como recepcionista numa exposição de seu país nas comemorações do 4º Centenário do Rio, e ficará ao seu lado até o fim. Em 1968 publica *A noite sem homem* e *Nove mulheres*, que marcam uma inflexão em sua carreira. Depois desses dois livros, passa a se dedicar mais à literatura infantojuvenil, publicando seus mais celebrados títulos no gênero, como *Memórias de um cabo de vassoura*, *Confissões de um vira-lata*, *A escada de nuvens*, *Os homens de cavanhaque de fogo* e muitos outros, chegando a cerca de quarenta títulos, incluindo adaptações.

É nessa fase que as inquietações religiosas que marcaram sua juventude o compelem a escrever, depois de anos de maturação, *O Evangelho de Lázaro*, romance que ele dizia ser, talvez, o seu preferido entre os demais. Uma obra a respeito da ressurreição, dogma que o obcecava, não fosse ele um escritor que, como poucos no país, fez do mistério da morte um dos seus temas recorrentes. Tendo renunciado à carreira de pastor para abraçar a literatura, quase com um sentido de missão, foi eleito em 1981 para a Academia Brasileira de Letras. Dele o colega Lêdo Ivo disse que "era uma figura que irradiava bondade e dava a impressão de guardar a infância nos olhos claros". Morreu no Rio de Janeiro em 13 de julho de 1986, um dia após completar 83 anos.

E.M.

Conheça outros livros de Orígenas Lessa na Global Editora:

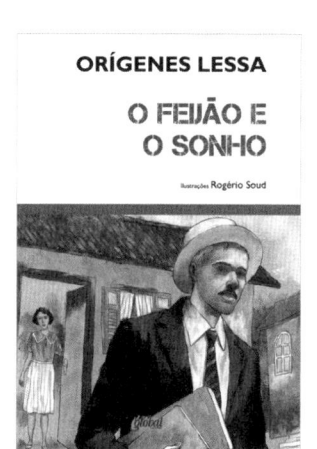

O feijão e o sonho

O feijão e o sonho é a história do poeta Campos Lara e sua mulher, Maria Rosa – ele, um homem sonhador voltado para o seu ideal de criação, disposto a todos os sacrifícios para viver de sua literatura; ela, uma mulher de pés no chão, valente e batalhadora, às voltas com o trabalho da casa e a criação dos filhos, inconformada com o diletantismo do marido e sempre a exigir dele mais empenho, mais feijão e menos sonho, para garantir o sustento da família. Um tema ao mesmo tempo social e intimista, explorado com humor e uma discreta ternura, permeada da visão crítica que caracteriza o autor.

Publicado em 1938, recebido com admiração por leitores e críticos, *O feijão e o sonho* conquistou em 1939 o Prêmio António de Alcântara Machado, da Academia Paulista de Letras. Em pouco tempo entrou para o grupo seleto dos grandes romances brasileiros, como *A Moreninha*, *O Guarani*, *Dom Casmurro* e *O Ateneu*, entre outros que são reeditados com frequência e nunca deixam de atrair leitores de todas as idades.

Tendo ultrapassado a marca das cinquenta edições, a obra-prima de Orígenes Lessa foi três vezes adaptada para a teledramaturgia e alcançou enorme sucesso e popularidade, tornando-se um clássico indiscutível da literatura brasileira.

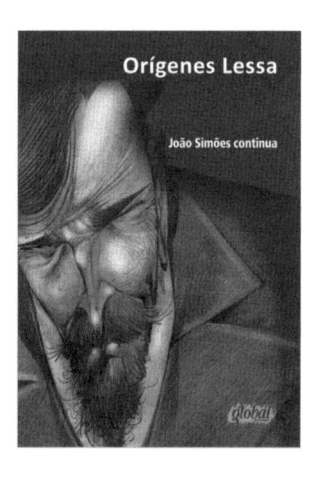

João Simões continua

O primeiro indício do humor que caracteriza este romance pode ser visto já no título, que encerra uma espécie de lacuna jocosa e proposital. Diante do verbo que pede um complemento, o leitor é imediatamente levado a se perguntar: *João Simões continua*, o quê? Tudo indica que o autor se eximiu de uma resposta, preferindo deixá-la à imaginação do leitor, talvez por ser essa a indagação fundamental deste romance que conta a agonia e morte de João Simões, um corretor de café na São Paulo dos anos 1930.

Como as *Memórias póstumas de Brás Cubas*, esta narrativa também parece ter sido escrita com a pena da galhofa e a tinta da melancolia, no entanto, sem aquelas "rabugens de pessimismo" que Machado de Assis desconfia ter metido no seu romance, o que nos permite afirmar que no caso de Orígenes Lessa o leitor encontra muito mais galhofa do que melancolia.

Pode-se até supor que Orígenes Lessa achou por bem deixar no título aquela lacuna por não saber responder à pergunta ali implícita: *João Simões continua...* vivo? Talvez sim. Afinal, através da viagem de João Simões pelos intermúndios, em contato com amigos e conhecidos, defuntos como ele, através de cidades que em tudo reproduzem aquelas que ele conheceu em vida, a narrativa deixa a impressão de que o personagem transpôs o plano do "sobrenatural" e está de volta à terra, donde parece nunca ter saído.

Melhores contos Orígenes Lessa

Orígenes Lessa escreveu romances, reportagens, um curioso livro sobre técnica de vendas, uma abundante literatura infantojuvenil, tão importante para o povinho miúdo de nossa época quanto a obra de Monteiro Lobato, e alguns dos contos mais saborosos jamais imaginados e publicados no Brasil.

Quem o lê pela primeira vez tem a impressão de que é fácil escrever histórias como as dele. Tão simples, tão humanas, narradas em tom malicioso, levemente irônico, por vezes cruel. Impressão. A realidade é muito diferente. A clareza, a espontaneidade, o estilo enxuto e objetivo, o domínio técnico, tão preciso que dá ideia de que nem existe técnica, nada têm a ver com aquela simplicidade sinônimo de pobreza, e sim com a simplicidade das coisas naturais, resultado de processos complexos, como a goiaba ou a manga madura pendurada no galho.

A estreia em livro se deu aos 26 anos, um volume de contos intitulado *O escritor proibido* (1929). A partir daí, não parou mais. Publicou dezenas de livros. Dez volumes de contos, nos quais explorou as mais extremas situações, do mais simples caso fisgado do cotidiano ao fantástico, sempre com um sentido de crítica, mas também de solidariedade e simpatia humana. O que levou a prefaciadora dos *Melhores contos Orígenes Lessa*, Glória Pondé, a afirmar que "a literatura de Orígenes Lessa é, toda ela, de comunhão". A seleção reúne contos de obras célebres, como *Omelete em Bombaim*, *Balbino, homem do mar* e *Zona Sul*.

GRÁFICA PAYM
Tel. (11) 4392-3344
paym@terra.com.br